Borboleta de
PAPEL

DIANE WEI LIANG

Borboleta de
PAPEL

Tradução de
MARCELO MENDES

EDITORA RECORD
RIO DE JANEIRO • SÃO PAULO
2011

CIP-BRASIL. CATALOGAÇÃO-NA-FONTE
SINDICATO NACIONAL DOS EDITORES DE LIVROS, RJ

Liang, Diane Wei, 1966-
L661b   Borboleta de papel / Diane Wei Liang; tradução de
Marcelo Alves Mendes. — Rio de Janeiro: Record, 2011.

Tradução de: Paper butterfly
ISBN 978-85-01-08398-2

1. Romance chinês. I. Mendes, Marcelo. II. Título.

10-1609   CDD: 895.13
                          CDU: 821.581-3

TÍTULO ORIGINAL EM INGLÊS:
Paper butterfly

Copyright © The Eye of Jade Ltd, 2008

Texto revisado segundo o novo Acordo Ortográfico da Língua Portuguesa.

Todos os direitos reservados. Proibida a reprodução, no todo ou em parte, através de quaisquer meios. Os direitos morais da autora foram assegurados.

Direitos exclusivos de publicação em língua portuguesa somente para o Brasil adquiridos pela
EDITORA RECORD LTDA.
Rua Argentina, 171 — Rio de Janeiro, RJ — 20921-380 — Tel.: 2585-2000, que se reserva a propriedade literária desta tradução.

Impresso no Brasil

ISBN 978-85-01-08398-2

Seja um leitor preferencial Record.
Cadastre-se e receba informações sobre
nossos lançamentos e nossas promoções.

EDITORA AFILIADA

Atendimento e venda direta ao leitor:
mdireto@record.com.br ou (21) 2585-2002.

Mais uma vez, para minha mãe
e
para Andreas, Alexander e Elizabeth

Prólogo

Reformatório dos Ventos Orientais
Província de Gansu, China
Dezembro de 1989

Lá iam eles cantando: "O comunismo é a lanterna vermelha do nosso coração", as vozes alçando voo contra o vento severo. Seus pés pisoteavam a grama morta e a terra nua. Balançavam os braços no mesmo ritmo, o pescoço ereto, olhos voltados para a cabeça raspada do companheiro à frente. Cantavam com ímpeto, incisivos. Duas palavras — lao gai (trabalho e reforma) — engalanavam em branco o tecido cinzento dos casacos acolchoados. O céu se apresentava claro como areia, e o sol, branco.
    Aqueles rincões não ofereciam mais que ventania e terra seca, amarelada. Sob o domo do céu, montanhas de picos nevados erguiam-se como lembretes indesejáveis de um passado remoto. Aquela era a província onde terminava a Grande Muralha, por onde havia passado a Rota da Seda. Ambas já adormeciam no esquecimento por alguns milhares de anos.

Os guardas abriram os portões para dar passagem aos prisioneiros. No topo do muro alto, caracteres vermelhos informavam: Reformatório dos Ventos Orientais.

— Alto!

Os prisioneiros obedeceram.

— Olhando para a frente!

O oficial Gafanhoto Yao, alto e espadaúdo, deu início à chamada. Uma estrela vermelha, pequena mas perfeitamente polida, brilhava na pele de seu chapéu.

— Doze trinta e um.

— Dao. — "Sim", berrou alguém.

— Cinquenta e seis trinta e quatro.

— Dao.

Uma súbita rajada de vento levantou a poeira do solo, como se um caminhão tivesse despejado ali sua carga, fazendo com que o prisioneiro 3424 fechasse os olhos. Tratava-se de um rapaz: os contornos do rosto eram os de um garoto, a pele ainda alheia ao tempo, o corpo ainda por avolumar.

E porque fechou os olhos, imediatamente levou um golpe de cassetete e foi ao chão, ensanguentado, as belas feições em ruínas.

— Explique-se, Lin! — berrou o guarda. — Seu porco antirrevolucionário! Inimigo do Partido!

— Foi o vento, a poeira... — balbuciou Lin, o sangue escorrendo entre os dedos. Não levantou os olhos. Tentava descobrir de onde vinha tanta dor, e ao tocar o corte na face, deixou escapar um grito.

Então levou um chute nas costelas e urrou, encolhendo-se no chão.

— Silêncio! — rugiu o guarda. — Vocês estão aqui para se reformar! A primeira coisa que terão de aprender é a respeitar os outros. A responder quando forem perguntados. Se desafiarem o Povo, serão esmagados pelo Povo. Estão me ouvindo?
— Sim, senhor! — responderam todos em uníssono.

O Reformatório dos Ventos Orientais compunha-se de fileiras e mais fileiras de alojamentos. Os prisioneiros, geralmente em duplas, dividiam celas pequenas em cada bloco. As unidades eram de teto baixo, iluminadas por lâmpadas muito fortes no interior de cúpulas cônicas. O chão era de pedras extraídas da pedreira local. Cada cela continha dois sacos de dormir, duas pias e duas toalhas, além de um balde que fazia as vezes de latrina.

Lin tossiu e sentiu na boca o gosto do sangue. Logo acima do corte, o olho esquerdo havia inchado. Seu companheiro de cela, Pequeno Soldado, tentou limpar a ferida, mas Lin tomou-lhe a toalha.

— Deixa que eu mesmo limpo — falou, e gemeu ao tocar a carne viva.

Pequeno Soldado agachou-se no chão, o mais longe possível da latrina.

— Ele está fazendo você pagar por ontem. Não dá pra enfrentar o Gafanhoto Yao.

Lin cuspiu sangue.

— Até quando ele vai continuar com isso?

— Até você se emendar. Olha, conte até dez e evite qualquer tipo de confronto. Talvez ele se canse e resolva implicar com outra pessoa.

— Estou aqui porque cometi um crime, seja lá qual for, mas isso não dá a ele o direito de me espancar. Vou protestar às autoridades.

— Protestar? Não vai chegar a lugar algum escrevendo cartas. Olha só o que aconteceu com o Velho Tang. Trancaram ele numa cela escura durante um ano. E o Coxo? Era perfeitamente normal quando chegou aqui. Foram os brutamontes do Número Dois que acabaram com ele. Ideia dos guardas, segundo ouvi dizer. — O Pequeno Soldado roeu as unhas. — Ouça meu conselho, universitário: não faça nenhuma besteira se quiser continuar vivo. Deixe estar. Não vai conseguir mudar nada.

O jantar chegou em bandejas de alumínio, o mesmo de todas as noites: wotou, ou pão de milho duro com legumes.

— Trinta e quatro vinte e quatro — disse o guarda —, você não completou a cota de hoje. Meia ração pra você esta noite.

No prato de Lin, um único wotou do tamanho do punho. Ele e o companheiro se agacharam para comer.

— Você precisa completar sua cota, Lin — disse o Pequeno Soldado, mastigando. — Tem mãos de menina, mas elas não vão durar muito. Pelo menos se continuar trabalhando no forno de cal. — Ele mostrou a Lin as próprias mãos, encardidas e calejadas. — Isso, sim, é que são mãos de um trabalhador. Completo minha cota todo dia e fico de bico calado. Só mais dois anos e depois volto pra casa, pra minha mãezinha. Basta de contrabando de bebida. Vou encontrar uma mulher e ser feliz com ela.

— Sua mãe sabe onde você está?

— Talvez. Eles nos pegaram no interior da Mongólia, com nossas mulas. Meu irmão era nosso líder. Colocaram uma bala na nuca dele. Mamãe contou depois que teve de pagar pela bala. Nunca mais a vi depois que me jogaram num caminhão e me trouxeram pra cá. Não falaram pra onde estávamos indo.

— Você não recebeu cartas dela?

— Mamãe não sabe escrever. Um homem do nosso vilarejo escreve cartas pra todo mundo, mas não pra minha mãe.

— Também não tive notícias do meu avô. Decerto ele não sabe onde estou, senão já teria escrito. É bem possível que ninguém saiba do meu paradeiro.

Era difícil mastigar o wotou; mais difícil ainda engoli-lo.

— Ele vai estar à sua espera. Mamãe também vai estar esperando por mim, eu sei. — O Pequeno Soldado bateu forte contra o próprio peito.

— Talvez esteja morto. Tinha 72 anos quando fui preso. Penso nele todos os dias. Queria mandar pelo menos algumas linhas, sabe? Não quero que ele se preocupe comigo.

— Não faça nada, está me ouvindo?

— Se um dia eu sair daqui, juro que... — Lin fechou as mãos em punho.

— Seu corte está sangrando de novo. — O Pequeno Soldado buscou a toalha e entregou a Lin. — Aperte com bastante força.

Dali a pouco, já no saco de dormir, Lin ouvia o companheiro roncar enquanto, através da janela no alto da parede, admirava uma solitária estrela no céu da noite. Fazia o possível para ignorar o fedor que vinha da latrina.

Lembrou-se das estrelas de Pequim nas noites de verão, do perfume das uvas, da sombra fresca das videiras. Ele e o avô *costumavam sentar-se à soleira da porta, abanando-se. Fazia calor demais para dormir. Nuvens de mosquitos pairavam no ar.*

Lin ouvia histórias que o avô contava: Guan Yin e Liu Hui, a Lenda dos Três Reinos; O Rei Macaco e o Monge Tangseng; A Saga dos Cavaleiros do Kong Fu. "São histórias para meninos como você", dissera ele certa vez. "Meninos precisam aprender sobre a fé, sobre a lealdade."

Durante vinte anos, o avô de Lin acompanhara de perto o crescimento do neto: a escola fundamental, as primeiras brigas, a primeira bicicleta, o primeiro prêmio escolar, o futebol, as caçadas a libélulas no fosso da cidade, as horas de estudo já tarde da noite. Agora a soleira da porta se encontrava gasta, empenada no meio.

Lin deixara a casa do avô para ir à universidade. Embora jamais tivesse visto o mar, queria estudar oceanografia. Gostava da ideia de vagar naquele mundo sem fim. Queria saber mais a respeito dos animais marinhos sobre os quais havia lido, ou que vira nos programas de televisão. Lin já estava no ensino médio quando os vizinhos compraram um aparelho de TV; ia visitá-los sempre que passavam programas sobre natureza. Crescera junto com o filho dos Chen, a quem todos chamavam de Barril, mesmo depois de ter se tornado um rapaz esguio.

"Vá", dissera-lhe o avô, sentado de pernas cruzadas em sua cama. "Um bom filho viaja pelos quatro mares. Sua mãe e seu pai teriam ficado orgulhosos de você. Não se preocupe comigo. Tenho ossos fortes. E também tenho nossos vizinhos. Nada me acontecerá."

Lin escrevia regularmente para o avô. Contara, então, sobre o mar que enfim pudera conhecer, sobre as águas que cintilavam à luz da aurora. Nunca vira algo mais belo. "O barulho do mar, Vovô", ele ainda recordava ter escrito, "é como uma canção. Alguns ouvem. Outros sentem. Muitos jamais esquecem."

E foi à beira do mar que Lin a viu pela primeira vez, como uma canção que jamais esqueceria. A pele clara, o sorriso largo, os olhos grandes e castanhos. Sentiu-se tão atraído por ela quanto pelo próprio mar.

Ao ouvi-la dizer que o amava, sentiu-se o homem mais feliz do mundo. Eles caminhavam pela praia, e Vênus reluzia no céu como se mandasse uma mensagem secreta aos dois apaixonados. Tomados de desejo e amor, eles respiravam o ar salgado da brisa, ouviam o barulho das ondas que vinham morrer na costa.

Lin despertou de seu devaneio. O corpo latejava depois de 12 horas à beira do forno de cal. O corte no rosto parecia ter sido aberto por mil facas, não pelo cassetete de um guarda. O toque dela não estava mais lá. A parte superior do saco de dormir, próximo à cabeça, encontrava-se úmida.

Deliberadamente ele esfregou o rosto até reabrir o corte. Rilhando os dentes, ordenou a si mesmo: "Lembre-se desta dor, desta noite, de todos os dias de lao gai. *Lembre-se de seus inimigos. Não os esqueça jamais."*

PARTE UM

1

Faltavam duas semanas para o ano-novo chinês. O fim do inverno era celebrado durante sete dias com o Festival da Primavera, o principal feriado do ano. Posters vermelhos da Boa Sorte adornavam todas as portas. As famílias planejavam visitas e preparavam banquetes — marinando carnes, comprando vinho de arroz bem forte. Em Pequim, milhares de pessoas se aglomeravam nas feiras dos templos para finalizar suas compras.

A maior dessas feiras, conhecidas como *Miaohui*, era a do parque de Ditan. Ali o barulho era ensurdecedor: tambores e címbalos ribombavam, trombetas ecoavam no ar frio das praças. Feirantes berravam seus pregões, pais berravam pelos filhos que iam ficando para trás.

Mei e sua irmã Lu caminhavam lado a lado, espremidas na multidão.

— Por que temos de voltar aqui todo ano? — perguntou Lu, já um tanto irritada. — Toda essa gente se empurrando... E a mamãe, onde está?

— Falou que queria comprar alguma coisa. — Mei ficou nas pontas dos pés para ver melhor, mas não encontrou a mãe.

Lanternas vermelhas balançavam sob o arco de pedras brancas do Altar do Sacrifício, onde, no solstício de verão, os imperadores do passado vinham oferecer sacrifícios à Terra. Do outro lado desse arco, mais barracas e mais compradores.

— Fogos de artifício! — gritou um dos feirantes. — Fogos para o Festival da Primavera!

— Posters da Sorte! — gritou outro. — Para afugentar os fantasmas e dar boas-vindas à primavera!

Dançarinos empoleirados em pernas de pau despontaram no fim da rua, acompanhados de trombetas e tambores. As mulheres, vestidas com seda vermelha, abanavam enormes leques cor-de-rosa, e os homens, de longos roupões azuis e chapéus arredondados, escondiam o rosto sob a maquiagem pesada — olhos muito pretos e bochechas vermelhas. Duas crianças irromperam diante da trupe, colocando em risco o equilíbrio de alguns. Foi então que Mei avistou a mãe, abrindo caminho na multidão com duas cabaças entre os braços.

— *Hulu?* — disse Lu, surpresa, e descruzou os braços para receber uma das cabaças.

— Para dar sorte! — disse Ling Bai. — E um netinho pra mim, muito em breve!

— Mamãe! — protestou Lu, corada de vergonha.

— Quanto a você — continuou Ling Bai, dirigindo-se a Mei —, isto aqui é pra te proteger dos demônios!
— Não preciso de proteção.
— Não precisa? — Ling Bai fulminou a primogênita com o olhar. — Trinta e um anos e nenhum marido? Claro que você precisa de um amuleto!

Lu cutucou a irmã com o cotovelo.

— Aceita, vai — sussurrou.
— Estas cabaças têm poder — asseverou Ling Bai. — Olha só pra essas curvas! Representam a união do Céu e da Terra, a verdadeira harmonia. Trazem muita sorte, sobretudo para as mulheres.

Elas subiram juntas os degraus que levavam ao Altar do Sacrifício, onde um teatro *jiaozi* se encontrava em plena atividade. Músicos tocavam de modo exagerado — cornetas, tambores, címbalos, as cordas de um *ehru* —, e quatro homens dançavam. A certa altura, uma liteira (a *jiaozi*) adentrou o palco trazendo uma atriz.

— Para onde vais, jovem senhora? — berraram os homens.
— Volto à casa dos meus pais — cantou a atriz.
— E teu marido, onde está?
— Em casa, com a mãe, feito um menininho.

A plateia riu. Mas Lu permaneceu imóvel, contrafeita, uma vez que detestava as danças folclóricas. Mei olhou de relance para a mãe e viu Ling Bai sorrindo, divertindo-se com a peça, mechas grisalhas sopradas pelo vento sobre o rosto engelhado. Mei estremeceu: de frio e de culpa. Mas como poderia amar se não era capaz de perdoar? Seu pai... Ela havia descoberto toda a verdade, e essa verdade a havia separado da mãe tão completamente como se um muro tivesse sido erguido entre elas.

Mei sacudiu a cabeça, talvez para ordenar as ideias. Adoraria poder se abrir com alguém, dividir aquele fardo...

— Que tal comermos um *bingtang hulu*? — sugeriu Ling Bai. O pilrito caramelado, servido em espetos, era uma das iguarias procuradas naquelas feiras de inverno.

— Não, obrigada — respondeu Lu. — Como a senhora pode comer algo que ficou tantas horas exposto a essa poeira?

As três mulheres da família Wang seguiram para o Portão Norte. Ling Bai esticava o pescoço à procura de uma barraquinha de *bingtang hulu*.

— As pessoas estão olhando pra você — Mei sussurrou à irmã.

— Estão, é? — retrucou Lu, indiferente. Mei sabia o porquê dessa indiferença: Lu era extraordinariamente linda, mas sequer chegava a pensar no assunto. Só os outros notavam.

Ling Bai comprou dois espetos de *bingtang hulu*, um para Mei e outro para si, e seguiu em frente com as filhas. O caminho que levava ao Portão Norte atulhava-se de barraquinhas. Um homem despejava chá de um enorme bule de cobre, de bico longo. Os braseiros de kebab exalavam nuvens de uma fumaça perfumada de cominho e pimenta. Cata-ventos multicoloridos giravam aqui e ali; lanternas vermelhas, feito gigantescos frutos, pendiam das árvores desfolhadas.

Um escorregador de gelo havia sido montado no centro da Praça do Portão Norte; crianças e adultos riam e gritavam ao descer por ele. Uma fila enorme serpenteava diante da bilheteria. Diversas árvores encontravam-se cercadas pelos curiosos que tentavam decifrar os *miyu*, ou enigmas, dos estandartes pendurados nos galhos.

Ling Bai e Mei gostavam de enigmas. Anos antes, quando Mei ainda era menina, elas haviam ganhado prêmios num torneio realizado por ocasião do Dia Nacional chinês.

— Veja aquele ali! — Mei apontou para um dos estandartes e leu em voz alta: — Um bom começo... uma moeda estrangeira. — Refletiu um instante e cochichou a resposta para a mãe: — Dólares americanos! *Mei yuan!* Mei significa "belo", e *yuan* pode significar "começo".

— Claro! — exclamou Ling Bai. — Escreve aí! Quem sabe a gente não ganha um prêmio?

— Para ganhar algo que valha a pena, vamos ter de decifrar muito mais. Pelo menos uns dez.

— A gente tem tempo! — Ling Bai olhou de soslaio para Lu.

— Estou cansada de ficar em pé nesse frio! — disse Lu com brandura; não se tratava de uma reclamação. — Faz horas que estamos aqui.

— Talvez você tenha razão — disse Ling Bai, agarrada à sacola de compras.

Lu tomou a mãe pelo braço.

— Todo ano é a mesma coisa.

Elas ouviram um rufar de tambores no Altar do Sacrifício.

— Dança do leão! — anunciou alguém, e a multidão irrompeu em aplausos.

Mei, Lu e Ling Bai saíram pelo Portão Norte, onde diversos táxis desembarcavam os recém-chegados à feira. Assim que avistou um carro livre, Lu entrou, seguida pela mãe. Mei sentou-se ao lado do motorista.

— Para onde? — perguntou o homem, num tom jovial.

— Para o Grand Hotel — disse Lu.

Ele deu partida no carro e acionou o taxímetro.

— Que caminho vocês querem tomar? A Changan está completamente parada.

— O que for mais rápido — disse Lu, com um tom de impaciência.

Chegando ao hotel, elas se dirigiram ao Café do Muro Vermelho e se acomodaram em torno de uma mesa coberta com toalha de linho branco. A garçonete trouxe um bule de prata com chá e, ao colocá-lo na mesa, fez com que as xícaras de porcelana tilintassem. Saiu e voltou dali a pouco com o cappuccino de Lu.

O lugar tinha um teto alto, luminárias de cristal e uma escada espiralada, com uma trepadeira viva enroscada no corrimão. Vasos de plantas e janelas panorâmicas davam a impressão de uma luxuosa estufa. Um garçom se aproximou com um carrinho repleto de doces ocidentais, tão perfeitos que poderiam ser de plástico.

— Bonitos demais pra comer — comentou Ling Bai, correndo os olhos pelas iguarias. Mei escolheu uma tortinha amarela com cobertura açucarada; esperava ser um cheesecake, que já havia experimentado certa vez e do qual havia gostado.

— Estão dizendo que vai nevar amanhã — disse Lu, mexendo seu cappuccino.

— O que não me espanta nem um pouco — devolveu Ling Bai. — Afinal, estamos nas duas semanas mais frias do ano.

Sentada ali naquele café, insulada do mundo exterior, Mei achava difícil que pudesse nevar.

Lu pegou o celular na bolsa.

— Li-ning está num almoço de negócios no China Club — disse. — Talvez possa nos encontrar depois.

Enquanto Lu falava ao telefone, Mei e Ling Bai retornaram a seu chá, constrangidas por se verem sozinhas uma com a outra. Mei virou o olhar para uma das janelas, o nariz forte e a boca firme resultando num perfil anguloso. Tentou avistar a Praça da Paz Celestial, que não ficava longe, mas não a encontrou. O céu já se achava mais escuro, com nuvens densas, e o trânsito corria lento na avenida Changan.

— Mas você não pode dar nem uma passadinha por aqui? — disse Lu ao celular. Parecia irritada.

— Quando a senhora vai para o Canadá? — Mei perguntou à mãe, embora já soubesse a resposta. Incomodava-se com o fato de que Ling Bai bisbilhotava a conversa de Lu.

— Daqui a uma semana, acho — disse Ling Bai, soturna. — Será que vamos nos ver de novo antes da viagem?

— A senhora sabe que Gupin, meu assistente, vai pra casa esta semana, por causa do Festival. Provavelmente vou estar ocupada demais — respondeu Mei, mais para a xícara entre os dedos do que para a própria mãe.

Ling Bai exalou um suspiro.

— Você devia arrumar outro assistente. Achei que estivesse indo bem naquela agência. Por que trabalhar com um imigrante, sobretudo um homem? As pessoas vão comentar!

— Não me importo com o que as pessoas possam dizer. Gupin é ótimo no que faz. Ao contrário de muitos, tem o ensino médio completo e está cursando uma universidade à noite. — Subitamente, Mei se viu relembrando o rosto esculpido e os ombros musculosos do assistente. Cogitou sobre o que ele estaria fazendo naquele fim de semana. Talvez ainda trabalhasse no caso do garoto que havia morrido no hospital durante uma cirurgia de rotina. Talvez estivesse fazendo compras para a mãe doente. Talvez até estivesse na feira, comprando lembranças de Pequim para levar para casa. Essa última ideia fez com que Mei abrisse um sorriso.

Lu desligou o telefone.

— Que pena. Li-ning não pode vir, embora quisesse muito. Eles vão jogar golfe com o chefão, Dong.

— Seu marido está sempre ocupado — disse Mei, lembrando-se do último jantar ao qual Li-ning não pudera comparecer.

— Todo mundo quer a ajuda dele em seus projetos, ou então convencê-lo a investir em alguma coisa. Não é fácil essa vida de magnata.

— Com certeza...

— Mas não me importo. Toda história de sucesso tem um preço. Li-ning precisa circular, fazer bons contatos. Isso toma tempo, e a vida pessoal acaba sendo sacrificada. Eu preciso fazer o mesmo pelo meu show. — Lu apresentava um programa na televisão de Pequim, no qual entrevistava e aconselhava pessoas com problemas no casamento: casos de adultério, sogras intratáveis, coisas assim. Alcançara um relativo sucesso popular, e durante um tempo aventou-se a possibilidade de exibir o tal programa em rede nacional.

— Vocês duas trabalham tanto que quase não as vejo mais — disse Ling Bai, primeiro para Lu, depois para Mei. — Especialmente você.

— Mamãe, a senhora sabe que todo mundo quer ver seu caso resolvido o mais rápido possível!

— A oportunidade está em todo lugar hoje em dia — interveio Lu, levantando a mão para silenciar a irmã antes que fosse interrompida. — Se a gente não fica esperta, vem outro e pega. Não sei quanto você ganha correndo atrás de maridos infiéis, Mei, mas pra gente uma oportunidade perdida pode custar milhões. Por isso trabalhamos tanto, eu e o Li-ning. Não podemos ficar para trás. Sabemos que estamos em falta com a família e os amigos — ela pousou a mão afetuosamente sobre a mão de Ling Bai —, por isso vamos levar mamãe pra Vancouver, para visitar a família do Li-ning. — E, virando-se para Mei, emendou: — Mamãe falou que você nunca mais apareceu depois que ela saiu do hospital.

— Você também não — devolveu Mei, incomodada, olhando furtivamente para Ling Bai.

— Sou uma mulher ocupada. Tenho meu programa, dou aulas e às vezes preciso acompanhar meu marido nas viagens internacionais. Ah, você nem calcula a amolação! Jantares, almoços, festas, teatro, ópera! Tudo isso só pra fazer contatos. Se aceitássemos todos os convites que recebemos, teríamos de trabalhar 24 horas por dia. Mas a mamãe foi jantar conosco outro dia, saímos pra fazer compras... — Lu olhou para a mãe. — Ficamos ainda mais próximas depois daquele AVC na última primavera. Percebi que a gente não pode dar nada por certo, sabe? Um dia vamos perder nossa mãe, e só então nos arrependeremos de não ter cuidado dela direitinho.

Mei não se sentia capaz de contradizer a irmã, tampouco de se explicar. Permaneceu calada, agitando o chá que ainda restava no fundo da xícara.

— Ah, vocês ouviram? — disse Ling Bai, procurando dissipar a tensão recém-instalada. — Hu Bin foi libertado!

— Hu Bin? Um daqueles líderes estudantis da Praça da Paz, não é?

Ling Bai fez que sim com a cabeça.

— Mei o conheceu na universidade, não foi, filha?

— Nós nos vimos algumas vezes no campus — disse Mei. Ela havia lido uma pequena nota sobre o assunto na página 21 do *Diário de Pequim*. Hu Bin fora condenado a 12 anos de prisão pelos protestos de 1989. Talvez tivesse ficado doente, já que estava saindo três anos antes do término da sentença.

A libertação de Hu Bin trouxera à tona lembranças desagradáveis. Mei já trabalhava na alta administração da polícia, o Ministério de Segurança Pública, quando os estudantes saíram às ruas na primavera de 1989. Diariamente ela devorava as notícias sobre os protestos da Praça, mas, ao contrário de tantos outros trabalhadores e operários da cidade, não se juntara à manifestação. Permanecera do outro lado, sentada à sua mesa, no conforto e na segurança do ministério — o lado que em última análise confrontou os estudantes. Jamais se perdoaria por isso. A culpa por não ter tomado o partido dos justos pesava-lhe no coração feito uma pedra. Mas como ela poderia ter sabido que tudo terminaria em sangue? Que pessoas morreriam e amigos como Hu Bin seriam encarcerados por tanto tempo?

Mas o sentimento de culpa não parava por aí. Sempre que pensava no assunto, Mei responsabilizava a si mesma pelo destino trágico do pai. Ling Bai o havia denunciado por criticar a política de Mao durante a Revolução Cultural, o único modo que encontrara para livrar as filhas dos campos de trabalho forçado. As provas fornecidas por ela haviam mandado o marido para a prisão, onde ele morreu jovem. Ao tropeçar na verdade no ano anterior, enquanto investigava o sumiço de uma pedra de jade desde os tempos da Revolução, Mei inicialmente ficara possessa, mas depois sucumbiu ao luto, à tristeza, procurando forças para perdoar a mulher que tantos sacrifícios havia feito, que por duas vezes lhe dera a vida.

A voz de Ling Bai a trouxe de volta ao Café.

— É um gesto de boa vontade, suponho, soltá-lo antes do período de festas.

— Também acho — disse Lu, terminando seu café. — E já não era sem tempo. Tanta água já rolou depois disso tudo... O melhor, pra ambos os lados, é enterrar o passado.

— Só faz nove anos — retrucou Mei.

— Exatamente. Águas passadas. — Lu jogou os cabelos sobre o ombro e riu. — Ah, irmãzinha, você ficou presa no passado, quando todo mundo seguiu em frente. Como é mesmo aquele provérbio? "O presente é como ouro."

Nesse instante o garçom voltou com os doces, e por alguns segundos as três mulheres ficaram mudas, maravilhadas com as pequenas obras de arte depositadas sobre a mesa. Mei enfim arriscou uma mordida, e estremeceu, pois o suposto cheesecake era na verdade um doce de limão, e ela não gostava de limão.

— Sua irmã está certa — disse Ling Bai, ainda mastigando um pedaço de mil-folhas. — Você tem de enterrar o passado e seguir em frente. O que passou, passou. Aprenda a perdoar, minha filha.

Mei sobressaltou-se, cogitando se a mãe já sabia que ela havia descoberto toda a verdade sobre o pai.

— Você vai voltar para o Ya-ping?

Mei exalou um suspiro.

— Mas a senhora nem gostava dele! Não fazia o menor gosto no nosso casamento!

— Isso foi anos atrás, quando Ya-ping era apenas um estudante das províncias. Agora é um empresário bem-sucedido. Mora em Chicago.

— E também é divorciado.

— O Li-ning também! — Ling Bai olhou orgulhosa para a filha caçula. — Talvez os divorciados sejam maridos melhores.

Mei deu mais uma mordida em seu doce.

— Amores perdidos são como xícaras quebradas — disse. — Não dá pra unir de novo.

— Só se você não quiser — interveio Lu. — Ya-ping partiu seu coração, é verdade, mas isso também é coisa do passado. Viva no presente, minha irmã. Esse é o segredo da felicidade.

— Pode deixar que da minha vida amorosa cuido eu — retrucou Mei. E se ela não fosse capaz de aprender a esquecer e perdoar?

Lu gesticulou para que o garçom trouxesse a conta e, voltando-se para a irmã, disse:

— Acontece que eu me preocupo com você. Somos irmãs, não somos? Olha, um amigo meu vai te ligar amanhã. O Sr. Peng. É presidente de uma gravadora, a Guanghua Records. Talvez tenha um caso pra você. Coisa grande.

— Obrigada — disse Mei, já bem menos irritada com os conselhos não solicitados da irmã.

2

Oito meses antes

— Você deve agradecer ao Partido Comunista — disse o oficial Yao.

Ninguém o chamava mais de Gafanhoto. A magreza de antes havia dado lugar às gordurinhas da meia-idade. Yao não espancava mais os prisioneiros. Em vez disso, falava de tratamento humano, de modernização. Assim como todo o país, os campos de *lao gai* vinham sofrendo reformas. Mas Yao não acreditava em retórica: aqui e ali deixava um espancamento passar sem punição, dizendo aos superiores no ministério que os guardas eram jovens e só queriam mostrar serviço. Por outro lado, era um homem ambicioso, e por isso acatava as ordens do Partido.

Ele se encontrava sentado à sua mesa, reto feito um lápis. O olhar em nada havia mudado: era tão frio quanto antes.

Lin se encolhia sobre um banquinho de madeira, a cabeça derreada para a frente.

— Você desperdiçou muitos anos de sua vida, contrariando o Povo.

— Eu sei. — Lin apertava uma pequena trouxa de pano contra o peito, como se carregasse um bebê. Os olhos se achavam vidrados. O rosto mostrava as marcas deixadas pelo vento do deserto.

— O Partido resolveu lhe dar uma segunda chance para servir ao Povo — prosseguiu Yao. — Mas lembre-se: a reforma não tem fim. Deve continuar depois de sua libertação. O pendor antirrevolucionário ainda tem raízes profundas na sua cabeça, apesar de ter cumprido toda a sua sentença. Você precisa lutar contra ele, sempre.

— *Shi* — respondeu Lin.

— Agora pode ir.

— Obrigado.

— Não agradeça a mim, mas ao Partido.

Lin ficou de pé. Recebera uma jaqueta Mao e um par de calças de camponês. Nenhuma das peças era de seu tamanho. Um guarda, mais ou menos de sua idade à época da prisão, conduziu-o pelos alojamentos. Os prisioneiros haviam saído para trabalhar no forno de cal; as celas estavam vazias, e os cobertores, meticulosamente dobrados.

Lin manquejava como um velho, esforçando-se para não ficar para trás. O silêncio era amedrontador. Desde que soubera da libertação, intuía que algo terrível estava por acontecer e que ele não sairia dali afinal. Quando escavava os torrões de cal do fundo do forno, receava que a estrutura de tijolos desabasse sobre sua cabeça, tal como havia acontecido ao Pequeno Soldado. Temia que a cal caísse em seus olhos — não a cegueira resultante, mas sobretudo a dor, pois não conseguia apagar da memória a imagem de Hu Wei rolando no chão, aos berros, tentando arrancar os próprios olhos quando isso lhe acontecera.

O guarda abriu uma porta, e Li saiu para o pátio.

Sentiu-se tonto, o ar quente escaldando-lhe o rosto. O chão parecia mover-se sob seus pés. Estava cercado por muros altos e arame farpado. Lin se esforçou para manter o equilíbrio. Tinha a impressão de que estava num lugar diferente, um lugar desconhecido, embora tudo ali fosse familiar. Deu um passo adiante, dois passos, três.

O guarda abriu o portão. Lin baixou a cabeça, seguro de que a qualquer instante alguém surgiria atrás dele para levá-lo de volta. Seguiu contando os passos... 168, 169, 170... atravessando o portão... 201... 302. Agora já estava em campo aberto.

Quatrocentos passos. Lin parou e se virou para trás. O portão já se encontrava fechado. Os muros altos e as espirais de arame farpado fritavam ao sol, queimando-lhe os olhos.

— Ei, você! — berrou alguém.

Virando-se novamente, Lin avistou uma carroça puxada por um burro.

— Olá! — berrou de novo o carroceiro. — Vai continuar a pé?

Lin se agarrou à trouxa de pano e apertou as pálpebras para enxergar melhor. O que fazia aquele homem ali? E por que estava falando com ele? Olhou à sua volta. Não viu nada além do sol e da paisagem árida.

Só então entendeu que a carroça viera para buscá-lo, e subiu. O carroceiro cuspiu para o lado, chicoteou o burro e gritou.

— *Jia!* — Então seguiram. — Quantos anos de prisão? — ele perguntou dali a pouco. Era um camponês jovem, de pele escura e braços robustos. A palha do chapéu estava esgarçada.

— Oito. — Lin retirou a jaqueta Mao e a dobrou com cuidado. O colete que vestia por baixo, tantas vezes remendado, revelava um corpo rígido e forte, produto de muitos anos de trabalho forçado.

— Muito tempo — observou o carroceiro. — Que foi que você fez?

Lin não respondeu. Manteve os olhos fixados na paisagem estendida à sua frente, estéril e montanhosa.

— As coisas mudaram muito — prosseguiu o homem. — Se andar uns 250 quilômetros, você vai encontrar um monte de estrangeiros em Jiayuguan. O pessoal da cidade me contou que agora têm aparecido uns ônibus japoneses enormes, altos feito casas, e com ar frio dentro.

— Hum. — Lin não tinha a menor ideia sobre o que o homem falava.

— Um dia vou lá pra ver. A gente tinha um ônibus que fazia viagens grandes. Mas quebrou. Ninguém sabe dizer quando vai ser consertado. É pra estação de trem que você está indo, não é? — Ele se calou um instante. — Sua família está esperando pra te levar pra casa?

— Acho que não.
— Então como é que vai chegar lá?
— Dou um jeito.
— Onde fica sua casa?
— Pequim.

O carroceiro olhou para Lin e sua trouxa.

— Você não vai chegar lá.

Eles seguiram em frente. O burro ia bufando, e as rodas chiando. Lin não se deu ao trabalho de pedir uma explicação. Fazia muito que não dava importância ao que os outros diziam.

— Por acaso você conhece meu irmão? — perguntou o carroceiro.

Lin fez que não com a cabeça.

— Era ele que cozinhava pra vocês. E foi ele quem me ajudou a comprar esta carroça. É a única da região. Ninguém quer ficar por aqui, disso todo mundo sabe. Não tem nada aqui pra ninguém. A pedreira não presta, nunca prestou. Toda hora tem alguém morrendo por lá, perdendo uma perna, um olho. Muito trabalho pra quase nenhum dinheiro. Não dá pra construir uma casa ou comprar uma esposa. A Comuna Popular não é melhor. O Partido Comunista diz: "A vontade do Povo está acima do Céu." Acontece que a vontade do Povo não faz milagre. Não dá pra plantar nada nesse areal. O forno de cal até que era razoável. Até construírem o campo de *lao gai* e obrigarem os prisioneiros a trabalhar de graça. Mas sabe que esse campo até que foi bom pra gente? Eles me pagam pra transportar as pessoas na minha carroça. Talvez daqui a pouco eu possa comprar uma noiva.

Lin ouvia o que ele ia dizendo, mas só absorvia uma palavra aqui, uma frase ali. Seus ouvidos, olhos e garganta estavam mortos.

— Você não é de muita conversa, é? — disse o carroceiro, encarando-o.

Lin permaneceu mudo. Simplesmente levou a barra do colete ao rosto para secar o suor.

— Quantos anos tem? — insistiu o homem, passando-lhe um velho cantil.

— Vinte e oito.
— Tem mulher?
— Não.

Lin bebeu da água, que cheirava a metal e estava quente demais. Olhou para trás. Ao longe, o reformatório lembrava um castelo de areia de criança. Lin fechou o cantil com firmeza. Virando-se novamente, viu mais montanhas ao longe e sonhou com um pedacinho de sombra.

A estação de trem, deserta, resumia-se a uma pequena construção e uma única linha. O calor aparentemente havia sugado a vida de tudo ao redor. O mato junto dos carris encontrava-se seco, e a poeira de minério enferrujava sobre o cascalho quente.

O agente ferroviário, um homem de seus 40 anos, boca torta e bigodes pretos, jogava cartas consigo mesmo diante de uma mesa. Como Lin, vestia um colete branco, porém com dois furos do tamanho de uma moeda. Largou o baralho, fitou o recém-chegado e foi correndo os olhos por Lin: a cabeça raspada, o rosto, o corpo de cima a baixo, os sapatos novos, a trouxa de pano.

— O que está fazendo aqui? — perguntou.

— Vim tomar um trem — respondeu Lin.

— Aqui não tem trem de passageiro, só de carga.

— Foi o carroceiro que me trouxe. Falou que o ônibus está quebrado.

— Aquele idiota. Passa longe de qualquer trabalho honesto. Nunca quis trabalhar na pedreira porque não quer pegar no pesado. Mas é lá que todo mundo ganha seu pão. Arrebentei uma perna naquele lugar. Uma pedra esmagou minha coxa. — Ele balançou a cabeça. — Tem gente que só pensa em dinheiro, como aquele carroceiro e o irmão dele. Trazer você aqui pra tomar um trem? Uma bela trapaça.

Lin largou a trouxa no chão e se agachou, enterrando o rosto entre as mãos. O ar parecia cola.

— E agora, o que faço? Como posso sair daqui?

Ao deixar o reformatório, Lin ficara com medo. A visão do acampamento, o crocitar dos corvos, a sombra das nuvens... tudo isso o deixara assustado. Ele temia que os guardas surgissem do nada para levá-lo de volta. Sentia-se frágil, tal qual a liberdade que tão duramente ele havia conquistado.

— Ou você espera pelo conserto do ônibus, ou vai a pé até Yumen, a uns 120 quilômetros daqui. — Depois de uma pausa, o agente perguntou: — Por que prenderam você? Não foi estupro, foi? Odeio os estupradores. — Ele enfiou um dedo no nariz e futucou o mais fundo que pôde, as pálpebras apertadas, a testa franzida.

Um simplório, pensou Lin. Se fosse um estuprador, ele não estaria ali, conversando com um agente ferroviário. Já o teriam matado desde há muito tempo.

Tudo que Lin queria era estar o mais longe possível daquele lugar abandonado. Pensou em subornar o sujeito. Mas com o quê? Ele não tinha nada. Por fim se levantou e tirou do bolso um rolo de papel (seu certificado de soltura), junto com uma nota de dez iuanes. Não fazia a menor ideia do que isso podia valer. Recebera apenas cinquenta iuanes.

— Por favor me ajude — disse, estendendo o dinheiro.

— Para que isso? Pelo visto você não aprendeu nada na prisão. Por acaso acha que sou igual àquele carroceiro, ou aos homens daquele reformatório? Uma vez criminoso, pra sempre criminoso. Fora daqui! — O agente ferroviário ficou de pé e apontou para a porta aberta.

Lin recolheu sua trouxa e saiu. Guardou o dinheiro de volta e se agachou à sombra da construção. Foi engolido pelo calor. Por onde olhasse só via sol, e nenhum refúgio. Sua cabeça latejava.

Lin tinha enxaquecas regularmente. O médico do reformatório ora culpava o "vento quente", ora o "vento frio". Lin desconfiava que ele não fazia a menor ideia do que se tratava. Quando vinham as dores, elas lhe partiam a cabeça como uma faca, deixando-o tonto. Ele tomava as aspirinas fornecidas pelo médico, mas sem nenhum resultado. Enxaquecas não eram vistas como doença nos campos de *lao gai*. Lin era espancado pelos guardas sempre que desmaiava no forno de cal; eles já haviam quebrado seu nariz, diversos dentes e, certa vez, o cotovelo. Depois o trancafiavam numa cela escura, acusando-o de "fazer corpo mole".

Ao longe, Lin ouviu um discreto apito. Levantou os olhos. Uma coluna de fumaça branca surgiu do outro lado de uma serra.

O agente ferroviário saiu de seu abrigo. Olhou para o trem que vinha chegando, em seguida para Lin.

— Não quero seu dinheiro — disse —, nem que você faça qualquer coisa ilegal.

— Sinto muito. Não quis ofendê-lo. Passei oito anos naquele reformatório, só quero voltar pra casa.

— Este trem está vindo buscar carga na pedreira e no forno. Não demora mais que o tempo de ser carregado. Não vá pular num dos vagões como fazem os camponeses. É contra a lei. Além disso, não é correto viajar sem pagar. Mas converse com o maquinista, fale do ônibus quebrado. Talvez ele o leve na locomotiva.

Lin imediatamente ficou de pé, o coração retumbando no peito.

— Obrigado!

— Você ainda não está dentro do trem — lembrou o agente.

3

Pelo menos uma vez as previsões meteorológicas haviam sido corretas. A quinta nevasca daquele inverno chegara ainda antes da madrugada e, pela manhãzinha, já havia deitado sobre a cidade um enorme cobertor branco. As bicicletas tinham sumido das calçadas. Carrinhos de limpar neve pontilhavam a paisagem, os motoristas já exaustos em razão do tráfego matinal. Os poucos ônibus em atividade rodavam lotados. Caminhões e carros derrapavam sem controle. Alguns se encontravam ilhados; outros, quebrados.

A Mei parecia um milagre que seu pequeno Mitsubishi vermelho tivesse sobrevivido ao caos. Ela chegou ao escritório pouco depois das 10 horas e preparou um bule de chá *oolong*. Quando viu a pilha de papéis sobre a mesa de Gupin, mais uma vez se preocupou com as férias do assistente. Ainda havia muito que fazer no caso do garoto falecido no hospital: anotações de entrevistas e prontuários a examinar, fatos a verificar, associações a descobrir.

Pensou em ligar para ele, mas sabia que não havia sentido nisso: provavelmente Gupin se encontrava preso num ônibus qualquer. Então levou os papéis para sua mesa e constatou que o assistente havia desenhado setas e pontos de interrogação num dos relatórios impressos por computador. Perguntou-se que significado eles poderiam ter.

O telefone tocou, e ela atendeu de pronto. Não era Gupin.

— Meu nome é Peng Datong — disse uma voz desconhecida. — Sou amigo de sua irmã, Lu. Já nos vimos uma vez, no casamento dela. Sou presidente da Guanghua Records e preciso de sua ajuda. Segundo me disse Lu, você é uma das melhores investigadoras de Pequim. Por acaso você poderia dar um pulo ao meu escritório?

— Agora?

— Sim. É urgente. Posso mandar meu motorista buscá-la.

— Mas qual é o problema?

— Prefiro não dizer por telefone. Minha secretária estará à sua espera na entrada do edifício. Vai acompanhá-la até minha sala. Por favor não demore.

Mei desligou e começou a perambular pela sala, tentando pensar. Desconcertara-se com o tom de voz do Sr. Peng. Sabia que não poderia dizer não a alguém tão importante — o que aliás ele havia deixado bem claro —, e não gostava nada disso.

— Por onde andará o Gupin? — Ela conferiu as horas no relógio. Viu que faltava pouco para as 11 horas. Agora, sim, buscou o pager e deixou o número de seu celular com a moça do serviço de atendimento.

A secretária do Sr. Peng não se apresentou. Sequer olhou para Mei. Era uma mulher gorducha, com seus 20 e poucos anos, embalada num justíssimo terninho pink. Equilibrando-se nos saltos de um sapato igualmente pink, seguiu com Mei através dos corredores muito bem iluminados da gravadora. Portas se abriam e fechavam. Pessoas passavam por elas, cumprimentando-se ou berrando, carregando pôsteres e videoteipes, empurrando carrinhos repletos de revistas. Algumas diziam olá. Mas a Srta. Pink permanecia tão muda quanto antes.

Mei atentou para os brincos de pérola que pendiam das orelhas dela feito peixes irrompendo da água. Vendo o branco-porcelana daquele pescoço, imaginou como seria tocá-lo.

O elevador as deixou no vigésimo segundo andar do prédio. As portas se abriram, e elas entraram numa sala. Duas luminárias com cúpulas de seda luziam sobre a mesa, atrás da qual se encontravam armários de arquivo e uma cadeira de couro. Decerto era ali que se sentava a Srta. Pink, deduziu Mei.

Atravessando uma ampla porta revestida de couro, elas passaram a uma sala de proporções descomunais, com janelas que iam do chão ao teto e uma enorme mesa de mogno.

— Chá vermelho. Forte, por favor — disse uma voz cansada. Uma cadeira de espaldar alto lentamente se virou. Sentado nela, um homem de rosto anguloso, cabelos bastos, terno escuro e camisa branca.

— Sim, senhor — Mei ouviu a Srta. Pink dizer, surpresa com o fato de que a moça podia falar, e ainda por cima de modo tão doce.

Os olhos do Sr. Peng se achavam injetados, quase vidrados.

— Obrigado por ter vindo.

Mei se acomodou numa das cadeiras diante da mesa. O couro do estofamento parecia novo, resiliente.

Por um instante eles permaneceram calados: esperando, supôs Mei, que o Sr. Peng acordasse.

A Srta. Pink voltou com uma bandeja de chá, colocou-a sobre a mesa do chefe e serviu duas xícaras. O Sr. Peng recolheu a sua.

— Por ora é só — ele disse à secretária. Os lábios finos e compridos arqueavam para baixo quando ele falava.

Eles trocaram um rápido olhar. Mei viu uma centelha de ternura se acender nos olhos da Srta. Pink, que passou a segunda xícara a Mei e saiu com os saltos tinindo no assoalho.

O Sr. Peng pegou um controle remoto sobre a mesa e ligou a televisão. Um clipe de música começou a tocar, alternando diversas imagens: rios, montanhas, um bambuzal que balançava com o vento. A certa altura, uma luta de espadas deu lugar à imagem de uma mulher cantando, linda, comovida, chorosa.

— Bonita, não acha? — disse o Sr. Peng. — Uma beleza pouco convencional, talvez, mas só esse olhar é capaz de partir uma pessoa ao meio. Ah, e a voz... esplêndida!

Mei permaneceu calada.

— Você não a conhece, não é? — O Sr. Peng bebeu do chá.

— Não, não conheço.

— O nome dela é Kaili, nossa mais nova estrela. Mas com certeza você já ouviu a canção. É o tema do filme *Cavaleiros do paraíso*.

— Sinto muito, não ouvi. — Mei não havia visto o filme. Na verdade, desde muito não ia ao cinema.

Bambuzais e rios deram lugar a uma cerimônia de casamento, depois a uma paisagem coberta de neve, Kaili cantando com sua voz de fogo. O Sr. Peng desligou o vídeo.

— Hoje, Kaili é a nossa mais importante contratada. Talvez um dia tenha tanto sucesso quanto Tian Tian. — O Sr. Peng fez uma pausa. — O problema é que ela sumiu.

— Sumiu? Como assim?

— Não conseguimos encontrá-la. Ela faltou a compromissos, não está em casa. Ninguém a viu ou teve notícias dela. Estamos sendo bombardeados com telefonemas de jornalistas querendo saber o que aconteceu. Além disso, Kaili foi contratada para se apresentar no baile de gala do Festival da Primavera daqui a duas semanas! Precisamos encontrá-la de qualquer modo.

— Quanto tempo faz que ela sumiu?

— Quatro dias.

— E por que só agora o senhor entrou em contato comigo?

— De início achamos que era mais um dos ataques de Kaili. Quando ela não apareceu, sua assistente procurou em todos os spas e boates que ela costuma frequentar, falou com alguns conhecidos dela, e eu fui pessoalmente ao seu apartamento.

— Quando o senhor diz "mais um dos ataques de Kaili", o que isso significa exatamente?

— Já aconteceu antes. Algumas vezes. Ela sumiu sem dizer nada a ninguém, por um ou dois dias, às vezes mais.

— E o que aconteceu nessas ocasiões?

— Houve vezes em que a encontramos; outras vezes ela reapareceu por conta própria. Você sabe como são esses pop stars, cheios de caprichos, de mudanças de humor. Kaili é uma excelente cantora, muito carismática... além de muito temperamental, claro. Mas ano passado nós a encontramos no Hospital de Xiehe. Ela havia tido uma overdose.

— É dependente química?

— Consome drogas, algumas mais pesadas que as outras. Na maior parte das vezes a culpa não é de Kaili. São muitas as más influências no círculo dela.

O Sr. Peng pegou um maço de cigarros e um isqueiro dourado.

— Quarta-feira passada, ela fez um show no Ginásio Capital. Manyu, a assistente dela, pode lhe passar todos os detalhes. Depois disso não a vimos mais.

— E os parentes? Talvez eles saibam de alguma coisa.

— Os pais moram em Hangzhou, e ela não tem nenhum contato com eles. — O Sr. Peng jogou um pedaço de papel dobrado sobre a mesa. — Mesmo assim, mandei um telegrama pra eles, na esperança de que soubessem de algo. Não sabiam. Aqui está a resposta deles.

Mei pegou o telegrama, que havia sido enviado na véspera, às 16h15, endereçado ao Sr. Datong Peng, CEO, Guanghua Records, Bulevar Fuchang, 356, Pequim. O texto dizia:

NÃO SABEMOS ONDE KAILI ESTÁ PONTO O QUE ACONTECEU INTERROGAÇÃO GANG KANG

O Sr. Peng acendeu um cigarro.

— Não fiquei surpreso — disse. — Faz anos que eles não se falam. Kaili foi deserdada pelos pais quando abandonou a universidade. Quando a conheci, vivia em Pequim com um empresário.

— O senhor já entrou em contato com a polícia?

— Claro que não! Ninguém pode saber que perdi uma das minhas maiores estrelas!

O telefone tocou. O Sr. Peng franziu o cenho e não atendeu. Só o fez quando percebeu a insistência da chamada.

— Falei que não queria receber telefonemas, não falei? — rugiu. — Diga a ela que estou ocupado... que estou numa reunião. Aliás, eu *estou* numa reunião, não estou? — Dava a impressão de que bateria o telefone a qualquer instante, as mãos tremiam, ansiosas por fazê-lo. Mas algo parecia detê-las. O Sr. Peng pegou uma caneta de ouro e começou a batê-la contra a mesa. — Tudo bem, pode passar.

— Olá, querida, que foi que houve? — falou calmamente, um sorriso brotando entre os lábios. — E por que você não está na escola?

Mei ficou constrangida por estar ouvindo uma conversa particular. Mas o Sr. Peng parecia ter esquecido que ela estava ali. Refestelara-se na cadeira e agora rodopiava a caneta entre os dedos, observando a luz que ela refletia.

— Sua mãe está chorando. Mas por quê? Deixe que eu falo com ela.

Mei olhou pela janela. Ainda nevava.

Ela ouviu o Sr. Peng dizer:

— Não precisa se preocupar, querida. Sua mãe tem um furinho minúsculo no coração. Não consegue respirar direito quando se aborrece... Mas estou trabalhando, querida. Essa época do ano é sempre muito agitada, sua mãe está cansada de saber. Você entende por que tenho de trabalhar, não entende? É por você, por sua mãe. Olha, vou lhe dar um belo presente neste Festival, está bem? Não, melhor que isso... Você vai ter de esperar um pouquinho. Agora vá pra escola. Vou tentar dar uma passadinha em casa esta noite... Não posso prometer, mas vou fazer o possível. Fale com sua mãe, talvez vocês possam ir juntas pra Hong Kong na semana que vem, fazer umas comprinhas para o feriado.

O Sr. Peng desligou e jogou a caneta sobre a mesa.

— Minha filha. Uma garota inteligente. Vai fazer 14 anos. Pena que não vá muito bem na escola. A mãe não lhe dá muita atenção. Aquela mulher! Dei tudo que ela podia querer: um apartamento enorme, uma casa de campo, carro com motorista, três empregadas... Mas toda hora ela diz que está doente. Dores de cabeça, falta de ar, o coração... Já passou por toda espécie de tratamento: medicina chinesa, acupuntura, ventosas... Uma das empregadas passa a maior parte do dia fervendo ervas pra ela. Você se lembra daquela moda do ano passado, a das bebidas de fungos? Você cultiva os tais fungos numa poção, depois bebe o suco. Minha mulher tinha tantos jarros de fungo que depois de um tempo não se via outra coisa naquele apartamento. O lugar mais parecia um laboratório, repleto de aquários de água-viva. Ela não bate muito bem da cabeça, é uma péssima influência pra minha filha. Mas o que eu posso fazer? Trabalho o tempo inteiro. Você acha que eu devia mandar minha filha pra um internato? Muita gente me aconselha isso.

O Sr. Peng se levantou e caminhou até as janelas. Era baixo, mas perfeitamente proporcional. Tinha um rosto bem-feito, de traços retos. Os olhos eram miúdos, mas sem nenhuma flacidez nas pálpebras. Tudo isso somado, no entanto, resultava em uma mistura insossa, como se as partes do todo tivessem sido escolhidas aleatoriamente. Nada parecia combinar. Os cabelos fartos, que poderiam rejuvenescer outro homem, nele sugeriam apenas devassidão.

O Sr. Peng olhava pela janela como se nunca tivesse visto neve antes. Dali a pouco, num tom severo, disse:

— Srta. Wang, preciso que encontre Kaili. Estou preocupado. Isso não parece coisa dela. Além do mais, ninguém informou tê-la visto por aí. Para uma pop star, isso é quase impossível.

— Muita gente sabe do desaparecimento dela?

— Na gravadora, apenas Manyu e eu. É possível que outros já tenham desconfiado de alguma coisa.

— E os amigos dela?

— Kaili não tem amigos. Somente alguns parasitas que estão sempre ao seu redor. Mas ela os detesta. — O Sr. Peng voltou à mesa e abriu uma gaveta. — Aqui estão as chaves do apartamento dela. Quero que converse com Manyu. Ela vai ajudá-la neste início de investigação.

Mei recebeu as chaves, e o Sr. Peng tomou o telefone:

— A Srta. Wang está de saída — ele disse à secretária. — Por favor, leve-a até a sala de Manyu. — E para Mei, disse: — Encontre a minha estrela, por favor. Ligue assim que tiver alguma notícia.

A porta se abriu, e a Srta. Pink ressurgiu na sala.

4

Fazia 22 anos que o Sr. Zhang, o maquinista do trem de carga, trabalhava naquela mesma linha.

— Todos me chamam de *Lao Tielu*, Velha Estrada de Ferro. Já passei por tudo que você possa imaginar. A grande nevasca de 1982? Eu fiquei lá, no oeste, ilhado por cinco dias. Pensei que íamos todos morrer. — Com uma toalha em torno do pescoço, ele fumava um cachimbo recheado de tabaco. Jamais tirava o boné de maquinista, nem mesmo quando despia a camisa em razão do calor na locomotiva. Sempre falando, e tirando baforadas do charuto, ele observava Lin alimentar a fornalha. — O trecho para Gansu foi construído nos anos 1950 e 1960, quando falavam de "descobrir e desenvolver o oeste". Meu pai foi um daqueles que atenderam ao chamado do Partido. Era de Hangzhou, engenheiro. Uma obra e tanto... A Nova Rota da Seda, tal como diziam na época.

O Sr. Zhang conferiu o nível da água e o termômetro. Em seguida, olhou pela janela para ver onde estavam.

— Pode parar com o carvão — disse a Lin. — Já é hora de desacelerar. — E depois de um tempo retomou a conversa: — Três anos atrás, meu pai resolveu voltar à sua cidadezinha pra fazer uma visita. Falou que tudo havia mudado. Todas as casas tinham geladeira e TV a cores. Mal pude acreditar. Os ricos de verdade tinham até carro. É difícil enriquecer aqui em Gansu, onde só tem pedra e areia. E em Pequim, será que é fácil enriquecer? Acho que por lá todo mundo já é rico, com todos aqueles figurões da política. Nunca fui a Pequim, mas meu pai foi uma vez, por causa de uma conferência da Rede Ferroviária. Durante anos não falou de outra coisa. Contou que Pequim é tão grande que você pode andar pra qualquer lado que nunca sairá da cidade. As avenidas são largas o bastante pra acomodar até cinco ônibus juntos! Talvez eu vá um dia, só pra ver com meus próprios olhos.

O sol foi se recolhendo aos poucos enquanto a bruma subia dos campos, até que escureceu. Eles pararam num pátio ferroviário. Lin recostou-se nos fundos da locomotiva e ficou ali, observando o fogo morrer na fornalha, o rosto coberto de suor. Tanto os braços quanto o colete se encontravam enegrecidos de carvão; ele precisou esfregar as mãos uma na outra para reencontrar a cor original da pele.

— Vou passar a noite aqui — disse o Sr. Zhang —, e amanhã bem cedo sigo caminho. Mas não posso levar você comigo. Daqui até Lanzhou, a polícia ferroviária está sempre à espreita. Yumen fica a uns 80 quilômetros de distância, não é muito longe. Vá pra lá e tome um trem de passageiros até Lanzhou.

Eles desceram e se despediram ali mesmo, entre a locomotiva e uma fileira de caminhões de carvão.

Lin ficou na dúvida se deveria iniciar a caminhada para Yumen imediatamente ou esperar pela manhã. Começou a perambular pelo pátio. Sequer sabia para que lado ficava Yumen.

Duas lanternas acesas surgiram de repente e foram se aproximando, deixando ver quem as segurava: um homem e uma mulher com uniforme da Rede Ferroviária.

— O que você está fazendo aqui? — A mulher apontou a lanterna na direção dele.

Lin virou o rosto para o lado.

— Isto aqui não é uma estação de passageiros — acrescentou a mulher, de rosto muito redondo e cabelos curtos.

Em seguida, foi o homem quem espezinhou Lin com sua lanterna.

— Ele não quer pagar como todo mundo paga. Malditos camponeses! — Ele agarrou a trouxa de Lin e vasculhou o conteúdo. — Não é um miserável, Grande Irmã! Olhe só pra isto! — disse, exibindo a jaqueta Mao que Lin havia recebido antes de partir do reformatório.

— Saia já daqui! — ordenou a mulher. — Senão a polícia ferroviária vai pegar você!

— Veja essa cabeça raspada — disse o homem. — É um criminoso, um fugitivo. Ou coisa pior: um sabotador, quem sabe? Vamos entregá-lo às autoridades.

— Isso não é assunto nosso. — A mulher puxou o companheiro pela manga da camisa. — Vamos terminar de subir as lanternas e voltar pra casa. Deixe ele pra polícia.

O homem jogou a trouxa sobre os pés de Lin.

— Saia já deste pátio — rugiu.

A mulher novamente o puxou pela manga, e lá se foram eles, acenando as lanternas para que os demais trabalhadores soubessem onde eles se encontravam.

Lin recolheu sua trouxa e seguiu na direção oposta, passando por gigantescos caminhões pretos com caracteres brancos, feito olhos demoníacos, nas laterais. Aqui e ali, tropeçava no cascalho e nos buracos do caminho. Pedras pontiagudas espetavam as solas de palha de seus sapatos. Lin cruzou uma linha e seguiu correndo ao largo de um comboio de vagões de carga. Ouviu trabalhadores gritando ao longe. Assim que viu a luz de uma lanterna, alguns metros à sua frente, procurou por uma passagem entre os vagões e atravessou para o outro lado. De modo algum poderia ser pego pela polícia ferroviária. Se isso acontecesse, seria preso de novo. Prisioneiros reformados ainda eram vistos como criminosos.

Lin precisava sair daquele pátio a qualquer custo. Lanternas e vozes já se encontravam por toda parte.

Ele tentou abrir a porta de um vagão, mas ela estava trancada. Vendo que os policiais se aproximavam cada vez mais, tentou outro vagão: abriu uma pequena fresta na porta e só conseguiu escancará-la quando usou toda a força do corpo. Arremessou a trouxa para dentro e subiu em seguida.

Fechou a porta e, tateando na escuridão, encontrou um canto para se acomodar. Tão logo seus olhos se habituaram ao ambiente, viu uma luz branda sob a porta e sentiu o coração disparar quando ela se intensificou.

Aos poucos a tal luz foi se afastando, e Lin voltou à escuridão de antes. Tremia da cabeça aos pés. Retirou as roupas da trouxa e as vestiu, apertando a jaqueta Mao bem rente ao corpo. Decidiu passar a noite ali e seguir para Yumen na manhã seguinte.

Novamente ele se agachou num canto e ficou atento. Ouviu o carpido de uma coruja, os estalos dos trilhos sob o peso dos trens, passos abafados que podiam ser de um homem ou de um animal selvagem.

Apesar de vazio, o vagão ainda exalava um cheiro forte de minério, e esse cheiro fez com que ele relembrasse outra estação de um passado já distante, dos tempos de juventude em que ele sequer conhecia o mar, quando voltara da universidade para casa, quando se despedira dela, quando se deitara diante do trem naquela fatídica noite em que o verão chegara cedo demais...

Ao despertar, Lin viu que ainda estava escuro, mas que o trem já se encontrava em movimento, as rodas produzindo ruído em um ritmo lento. Tentou se levantar, mas as pernas estavam dormentes. Tateando o chão, arrastou-se até a porta, encontrou a maçaneta e se apoiou nela para ficar de pé. Abriu uma fresta e se deparou com uma paisagem iluminada pelo luar: cercas e pedras de quilometragem ao lago dos trilhos, um ou outro casebre pontilhando os campos e, ao longe, a silhueta irregular das montanhas.

Uma lufada de vento gélido golpeou-o como um chicote, e Lin novamente caiu de joelhos.

Enfim ele estava livre. Voltava para sua casa na cidade e suas lembranças de infância: as ruelas estreitas da vizinhança, o portão caindo aos pedaços, o cheirinho de pão frito das manhãs de verão, o bordo centenário em cujas frestas ele havia escondido pequenos tesouros.

Lin ficou ali, agarrado à porta, os dentes batendo em razão do frio. O trem dobrava uma curva, cuspindo nuvens de fumaça branca. O horizonte aos poucos ia ganhando forma e cor. Uma nova manhã.

5

A sala de Manyu, assistente de Kaili, ficava no quarto andar do prédio da gravadora Guanghua Records: uma sala pequena com vista para a rua. As paredes eram nuas, e um biombo chinês se abria num canto.

Quando Mei e a Srta. Pink chegaram, Manyu falava ao telefone, sorrindo para quem estava do outro lado da linha. Acenou para que elas entrassem.

— Ela deve estar melhor daqui a alguns dias... Por que eu mentiria pra você?... Claro, prometo. — Ela desligou e apagou o sorriso. — Imprensa — disse.

— Esta é a Srta. Wang — A Srta. Pink apresentou Mei.

Manyu ficou de pé. Com seus 20 e muitos ou 30 e poucos anos, não era bonita nem feia. Tinha um nariz pequeno, que se projetava do rosto assim como o busto se projetava do corpo. Usava um suéter solto sobre uma camisa xadrez e calças cinza. O sorriso era simpático, embora não produzisse o efeito, comum entre as mulheres, de deixá-la mais atraente.

— Eu já estava esperando por vocês — disse, e apontou para as duas cadeiras diante de sua mesa.

— Vou voltar para minha sala agora — a Srta. Pink informou a Mei. Poderia ter incluído Manyu no pequeno colóquio, mas sequer olhou para ela. — Se precisar de alguma coisa, Srta. Wang, por favor me avise. — Ela acenou a cabeça para Mei, deu-lhe as costas e saiu batendo os saltos.

— Obrigada! — berrou Manyu, mas a Srta. Pink já havia sumido. Sentou-se novamente e disse a Mei: — Não sei o que o Sr. Peng já lhe informou.

— Muito pouco.

Manyu fez que sim com a cabeça, sem olhar de volta para Mei.

— Nesse caso, o melhor será começar do início. Semana passada, a Associação Trabalhista da China organizou uma festa para comemorar, não só o Festival da Primavera, como também os ótimos resultados da produção. Muita gente famosa estava lá: Tian Tian, Chen Jung, que acabara de receber o prêmio de melhor cantor *folk* no Festival de Budapeste, O Grande Idiota e o Pequeno Idiota, o grupo de dança do Exército de Libertação Popular... Kaili era a revelação do ano, uma das estrelas convidadas. Ficou muito famosa depois de cantar o tema do filme *Cavaleiros do paraíso*. Depois do show, fui até o camarim dela pra levar cigarros e chá. Não fiquei para papear. Kaili fica exausta depois das apresentações, não gosta de falar. Nunca sei em que estado de espírito vou encontrá-la, mas tenho de estar sempre preparada, o que às vezes não é fácil. Pois bem. Saí do camarim e fui conferir a porta de saída das coxias. Kaili sempre quer saber quantas pessoas estão esperando por ela na rua, gosta desse tipo de assédio. Depois fui chamar o motorista. Fiquei longe dela por mais ou menos meia hora.

— Muito tempo — observou Mei.

— Bem, encontrei alguns conhecidos — devolveu Manyu, com certa hesitação. — No mundo da música todos se conhecem, sobretudo os assistentes e os relações-públicas.

O telefone tocou, mas Manyu não atendeu. Em vez disso, sugeriu que elas continuassem a conversa em outro lugar.

— Este telefone não vai parar de tocar — explicou. — Todo mudo quer saber da Kaili. Podemos descer para o café, se você não se importar.

Mei concordou. Manyu se levantou e sumiu do outro lado do biombo. Voltou com duas enormes agendas.

— Sou eu quem organiza os compromissos da Kaili. Além disso, faço alguns serviços de rua pra ela. Está tudo registrado aqui.

O café ficava num pátio com teto de vidro e uma fonte no centro, além de palmeiras e heras. Mesas com tampo de vidro e bordas pretas espalhavam-se sobre o piso salmão.

— As árvores são de plástico — explicou Manyu.

Um fotógrafo, um maquiador e diversas modelos transitavam em meio ao jardim artificial. Ao que parecia, uma sessão de fotos estava em pleno andamento.

Um garçom alto, de camisa branca e calças pretas, veio ao encontro das recém-chegadas.

— O que vão querer? — perguntou, inclinando-se ligeiramente.

Mei pediu um *macchiato*, e Manyu, água de coco. Elas retomaram a conversa de onde haviam parado.

— O que aconteceu quando você voltou ao camarim? — perguntou Mei.

— Fiquei esperando do lado de fora. — Manyu depôs as agendas sobre a mesa, alinhando-as com perfeição.

— Isso é comum? Você não entrar para ver como ela está?

— Não. Não sou o guarda-costas dela. Às vezes entro, outras vezes espero ser chamada. Como poderia saber que ela havia sumido? Não havia nenhuma indicação de que isso pudesse acontecer. Fiz e faço o meu trabalho há dois anos. Sou uma boa assistente: dedicada, trabalhadora, organizada. Kaili poderia confirmar tudo isso se estivesse aqui.

— Não é você quem está sendo investigada.

— Não é o que parece. Você suspeita de mim. O Sr. Peng acha que fui negligente. Mas esses últimos meses foram uma loucura. Kaili fez muitas apresentações, compareceu a milhares de compromissos, deu não sei quantas entrevistas. Eu estava sobrecarregada, não gosto desse tipo de caos.

Na sessão de fotos, alguém gritou, dando início a uma pequena agitação.

— Por acaso já esteve nos bastidores de um grande show, Srta. Wang? — perguntou Manyu, em busca de compreensão. — É uma loucura. Acessórios, figurinos, uma multidão de pessoas, um burburinho infernal. Preciso deixar tudo pronto: as roupas de Kaili, cotonetes, drops de limão, cigarros, remédios. Ela gosta do chá sempre na mesma temperatura: morno, não quente.

— É difícil trabalhar com ela?

— Não. Gosto do que faço e sou muito bem remunerada. Aprendi muitas coisas sobre o negócio, conheci pessoas interessantes. Uma ótima oportunidade pra mim. Kaili não é fácil de lidar, mas as celebridades nunca são. Gostam das coisas de determinado jeito e pronto.

O garçom voltou com os pedidos e saiu em seguida.

— Em que momento você deu pela falta de Kaili? — quis saber Mei.

— Depois que as pessoas foram embora, acho. Por volta da meia-noite. Eu não a tinha visto, então fiquei preocupada e bati à porta do camarim. Ninguém respondeu. Fiquei em dúvida se deveria entrar ou não, mas acabei entrando, e ela não estava lá. Primeiro achei que tivesse ido se encontrar com alguém, mas todos os outros artistas já tinham ido embora, e os camarins estavam vazios. Depois fiquei achando que ela também já tinha ido embora e me deixado pra trás, mas o carro ainda estava lá, com o motorista dormindo na direção.

— Tem certeza de que ficou diante do camarim o tempo todo?

— Tenho. De modo que ela pudesse me encontrar, caso precisasse.

— Então é impossível que ela tenha saído sem que você visse?

— Não necessariamente, caso ela quisesse fugir. Mas os seguranças dos bastidores também não a viram. Cheguei a pensar que ela tivesse saído na companhia de outra pessoa, mas nesse caso os seguranças teriam notado.

— Você pode me levar até o Ginásio Capital? Gostaria de dar uma olhada nas coxias.

— Hoje?

— Quanto antes melhor.

6

Lin desceu do vagão assim que o trem parou. Do lado de fora estava quente. Ele começou a andar, virando-se amiúde para trás, mas não havia ninguém no seu encalço. O trem havia parado sem nenhum motivo aparente: nada estava sendo carregado ou descarregado. À luz de tanto sol, lembrava uma gigantesca fieira de contas negras.

Uns três quilômetros mais adiante, ele chegou a uma estação, que se resumia a uma plataforma e um único guichê de passagens. Uma placa carcomida pelo tempo informava: "Vale Seco". Dois camponeses jovens e de pele escura agachavam-se ao lado de umas sacas, fumando cigarros de palha. Uma mulher de idade incerta sentava-se num banquinho, um cesto de ovos cozidos a seus pés, uma toalha enrolada na cabeça. A seu lado, um garotinho miúdo, de rosto largo e olhos oblíquos, usava apenas um par de calças de algodão, grandes demais e puídas na altura dos joelhos; aqui e ali, irrompia em risinhos ou dizia coisas ininteligíveis.

Lin comprou um bilhete para o próximo trem de passageiros com destino ao leste. O vendedor do guichê riu com desdém quando ele apresentou o certificado de soltura emitido pelo reformatório — o documento que os ex-presidiários eram obrigados a mostrar para comprar passagens —, mas não criou nenhum obstáculo, ou porque estava cansado, ou porque sofria com o calor. Ou porque não se importava.

Lin comprou um ovo, limpou-o no colete, jogou a casca no chão e comeu. Só então percebeu quanto estava faminto, e comprou mais um. A vendedora alcançou um cantil militar sob o banquinho, abriu um sorriso de dentes podres e ofereceu água a Lin.

— Que província é esta? — ele perguntou.
— Gansu — respondeu a mulher.

Ainda nas terras altas, lamentou Lin. Para ele, aquela parte do país era como uma gigantesca mão que a qualquer momento poderia se fechar para prendê-lo.

Lin sentou-se sobre sua trouxa junto dos camponeses, que continuaram a fumar, passando tabaco um para o outro sem dizer palavra. O garotinho havia subido ao colo da vendedora de ovos e mamava em seu peito. Observando a mãe e seu filhinho seminu, Lin teve a impressão de que eles não existiam como entidades independentes, mas como partes integrantes daquela terra, daquele ar.

Cigarras ciciavam nos arbustos secos. Já não se via mais o abutre que pouco antes circulava no céu: decerto ele havia encontrado a presa que procurava. Cada vez que inspirava, Lin sentia o calor secar-lhe as entranhas.

A certa altura o trem chegou, e ele embarcou. Os vagões, de bancos de madeira, estavam praticamente vazios. Pela janela, Lin viu o sol que estava se pondo, um disco incandescente a mergulhar na terra parda. Assim que anoiteceu, ele se deitou no banco e acomodou a cabeça sobre a trouxa, mas dormiria um sono leve, de curta duração. As ripas estreitas do banco machucavam-lhe os ossos.

Os sonhos, quando vinham, eram fragmentados e assustadores: a escuridão da solitária, o cheiro fétido do reformatório. Lin acordou com as luzes da estação seguinte. Mais uma vez ficou amedrontado, confuso. Viu o rosto contorcido e ensanguentado do Pequeno Soldado, o horror da morte do amigo soterrado pelo forno de cal.

Lin sentia ora calor, ora frio. Tremia à noite e à luz do dia.

Ao fim do segundo dia, a paisagem já havia mudado. A terra agora era amarelada com planaltos dentados e penhascos arenosos. O trem cortava a região do rio Amarelo. Por um breve instante, Lin sentiu amor por seu país. Lembrou-se dos tantos poemas que já haviam sido escritos sobre o majestoso rio, fragmentos voltando-lhe à memória. Ah, a juventude, pensou com nostalgia. Que bela palavra. Mas de que serviam as palavras na ausência de esperança, de amor?

Na manhã seguinte ele acordou com fome, a luz da aurora entrando pela janela. O trem mais uma vez atravessava montanhas, mas agora se viam encostas verdejantes, circundadas por milharais e campos de trigo. Casinhas de taipa com telhados de palha pontilhavam a paisagem.

O sol já despontava no horizonte quando um vilarejo surgiu à frente, e o trem desacelerou. Uma estrada corria paralelamente aos trilhos. Em meio a carroças puxadas por burros, camponeses seguiam a pé, carregando fardos sobre os ombros com o auxílio de varas de bambu, ou *bian dian*. Crianças nuas brincavam diante de suas casas. Quando viam o trem, paravam e gritavam:

— *Houche! Houche!* Vagões de fogo!

Duas ou três dessas crianças puseram-se a correr ao lado do trem, os bumbuns branquinhos reluzindo ao sol.

O trem passou por mais algumas casas, diante das quais mulheres penduravam a roupa lavada, e parou numa estação. Lin desceu. Viajara até onde permitia o bilhete que havia comprado. Levou a mão à cintura da calça e tateou a cédula de dez iuanes, a última que lhe restava. Jogou a trouxa sobre os ombros e encheu os pulmões com o ar quente da manhã.

7

O Ginásio Capital escondia-se entre as espirais de neve. Mei apertou as pálpebras para enxergar melhor. Viu apenas as bandeiras vermelhas que tremulavam no topo. Até onde ela podia lembrar, o Ginásio Capital era onde tudo acontecia: os campeonatos mundiais de tênis de mesa, as comemorações da fundação do Partido Comunista, as festas do Dia do Trabalho e do Dia Nacional da China, e claro, o baile de gala do Festival da Primavera.

Fazia parte da tradição que as famílias se reunissem na véspera do ano-novo chinês para festejar e acompanhar pela televisão o show do Festival. No interior, onde poucas famílias possuíam TV, as pessoas viajavam quilômetros até a capital para assistir ao espetáculo em que se apresentavam os artistas mais famosos do país. Figuras importantes do Partido eram presença certa, assim como artistas convidados de Hong Kong e do Japão.

Alguns anos antes, quando ainda trabalhava no Ministério de Segurança Pública, Mei comparecera ao show. Por obra de uma casamenteira, ela havia sido apresentada a Yuan Yuan, filho mais novo de uma família de raízes revolucionárias, os Chou, os quais iam ao show todos os anos. Eles haviam convidado Mei para acompanhá-los, oferecendo-lhe a cadeira entre o general Chou e sua esposa. O general mal dirigira a palavra a ela ou a quem quer que fosse: acompanhara o show com a mesma compenetração que decerto demonstrava nos campos de batalha. Yuan Yuan sentara-se ao lado da mãe, entediado. Às vezes batia palmas para fingir que estava se divertindo como todo mundo. A Sra. Chou, por outro lado, revelara-se uma consumada tagarela. Queria saber de tudo a respeito de Mei: o trabalho, os amigos, os valores, as opiniões sobre o Partido, a mãe, a irmã, os ideais de esposa.

Mais tarde, Mei reclamara do interrogatório com a irmã, mas Lu dissera apenas: "Claro que eles perguntaram tudo isso. Precisavam ter certeza de que você está à altura de Yuan Yuan e da família Chou. Considere isso como um bom sinal."

Mei agora se perguntava o que teria acontecido a Yuan Yuan. Deixara de ser procurada por ele assim que se demitiu do ministério por recusar o papel de amante do ministro.

Mei e Manyu atravessavam a passos largos a praça diante do ginásio. À frente delas, um vulto se movimentava na nevasca. Ao se aproximarem, viram que se tratava de um jovem com uma lança. Ele trajava um uniforme esportivo e estava com a cabeça descoberta. Sacudia a lança, fazendo balançar a borla vermelha na ponta. Manyu olhou de relance para Mei como se perguntasse: "Por quê?" Mei também não conseguia entender o que levava alguém a praticar *kung fu* em meio a tanta neve. Talvez o mau tempo estivesse afetando o juízo das pessoas.

Elas seguiram adiante e retomaram a conversa. Lembrando-se que o Sr. Peng lhe dera a chave do apartamento de Kaili, Mei perguntou sobre o relacionamento dele com a cantora.

Manyu espiou para fora do capuz. Parecia um passarinho.

— Como assim, próximos?

— Você sabe. Eram íntimos um do outro?

— Não sei. Mas o Sr. Peng está pessoalmente envolvido na carreira de Kaili. O que é ótimo pra ela. Ser apadrinhada por alguém tão poderoso, praticamente uma fábrica de estrelas. Afinal, foi ele quem descobriu Tian Tian.

Mei achava que uma assistente pessoal deveria saber se sua chefe estava ou não tendo um affair. Manyu estava mentindo.

— Você tem medo do Sr. Peng? — perguntou de repente.

A neve caía entre elas. Manyu desviou o olhar.

— Faço meu trabalho, só isso.

Elas contornaram o prédio do ginásio e foram para a parte dos fundos, cercada por andaimes. Ali perto, em uma área cercada por uma rede de plástico verde, jaziam grandes pilhas de tijolos, tábuas e volumes compridos, embrulhados em plástico azul. Um guarda de segurança, tremendo de frio em seu colete laranja, empoleirava-se agachado sobre uma pilha de vigas de aço. Pedreiros de casaco acolchoado e capacete empurravam carrinhos de mão, debatendo-se com a neve.

Mei e Manyu pararam diante da porta que dava para as coxias do teatro e ficaram ali, esperando que viessem abri-la.

— Gostaria de saber mais a respeito de Kaili. Por acaso ela bebe? — Mei puxou o gorro de lã sobre as orelhas.

— Às vezes nas festas. Às vezes sozinha.

— Muito?

— Depende. Certas festas acabam saindo dos trilhos, sabe como é. Não dá pra... Tem vezes que... Bem, ela dá as suas derrapadas.

— E drogas?

— Drogas, não. — Manyu foi rápida e firme em sua resposta. — Kaili não se mete com drogas.

Lembrando-se do que havia dito o Sr. Peng, sobre os problemas que Kaili tivera com as drogas no passado, Mei teve certeza de que Manyu estava mentindo. Mas por quê? Estaria com medo de alguma coisa? Culpava-se de algum mau passo? O que poderia estar escondendo?

A porta das coxias se abriu. Um homem de terno escuro, gravata e prancheta entre as mãos convidou-as a entrar. Apresentou-se como Sr. Huang, o engenheiro responsável pela obra.

— Fui instruído para acompanhá-las até os camarins. O que as senhoritas gostariam de ver exatamente?

— Ainda não sabemos — respondeu Mei.

Ela e Manyu tiraram os casacos, gorros e luvas. Mei pisoteou o chão para limpar a neve das botas, produzindo ecos ao seu redor.

O Sr. Huang as conduziu através de um longo corredor onde pedreiros emassavam e pintavam as paredes enquanto um mestre de obras berrava ordens, as mãos plantadas na cintura.

— Reformas — disse o Sr. Huang. — Este prédio já tem 40 anos. Ano que vem os trabalhos vão se intensificar ainda mais. Uma grande modernização. O que significa que o teatro ficará fechado por um tempo.

Um grupo de cinco ou seis rapazes agachava-se rente à parede, comendo suas marmitas de macarrão com arroz. Ficaram mudos para observar as visitantes. Mais à frente, eletricistas puxavam cabos e gritavam por ferramentas enquanto trabalhavam nas luzes.

— Vocês são os únicos aqui hoje? — berrou o Sr. Huang a um deles. — Já estão almoçando? Não podem parar antes de terminar o trabalho!

O homem ficou de pé.

— É por causa do tempo — explicou. — Muitos moram longe.

— Vou descontar do salário de vocês se não terminarem a tempo do show do Festival!

Imediatamente Mei ouviu o mestre de obras despachar seus homens de volta ao trabalho.

— De onde vêm essas pessoas que trabalham para o senhor? — indagou Mei.

— De toda parte. Os eletricistas são de Pequim, alguns moram nos subúrbios, em Chang Ping ou Ping Gu. Outros são imigrantes das províncias, ex-camponeses. São baratos e trabalhadores. Mas o problema é a qualidade dessa mão de obra. — Ele cuspiu no chão. — A construção civil costumava ser um ramo respeitável. Os empregos eram públicos, e os salários, muito bons. Não mais. Hoje em dia todo mundo encontra um jeito mais fácil de ganhar dinheiro; ninguém quer saber de pegar no pesado. Eu mesmo já fui peão de obra, mas sabia o que estava fazendo, era muito bem qualificado.

O corredor foi ficando mais estreito e escuro: tábuas se empilhavam junto das paredes, e as poucas janelas se achavam cobertas por panos imundos. Vendo os imigrantes a seu redor — serrando, martelando, pintando —, Mei lembrou-se novamente de Gupin, que também havia trabalhado em canteiros de obra ao se mudar para Pequim. Imaginou-o entre aqueles homens, a testa molhada de suor. De repente sentiu um frio na espinha. Gupin jamais se atrasava, e ainda não havia entrado em contato. Algo de errado talvez lhe tivesse acontecido naquela manhã.

Eles dobraram para outro corredor, vazio e escuro. Alguns objetos de cena, cadeiras, duas mesas dobráveis, uma escada, dois esfregões e um balde haviam sido abandonados ali. O Sr. Huang puxou uma corrente que pendia do teto, acendendo as lâmpadas de neon.

— Aqui estão os camarins — disse, apontando para uma sequência de portas.

— Aquele era o da Kaili — disse Manyu, indicando um deles.

Mei entrou e acendeu a luz. Não havia nenhuma janela. O cômodo se encontrava vazio, a não ser por uma camisa branca pendurada a um gancho. Mei examinou-a de perto: uma camisa masculina, grande, puída no colarinho e na barra. Na etiqueta se lia: "Grande Beleza".

— Quando foi a última apresentação? — ela perguntou ao Sr. Huang.

— Ontem.

Mei levou a camisa ao nariz, mas não identificou nenhum cheiro em particular. Pendurou-a novamente no gancho.

— Os camarins acabaram de ser esvaziados — ele acrescentou.

As lâmpadas no teto emitiam uma luz branda. Um cheiro bolorento pairava no ar. Evidentemente só havia um jeito de entrar ou sair daquele lugar: pela porta. Olhando para seu reflexo no espelho, Mei ficou se perguntando como Kaili poderia ter saído dali sem que ninguém a visse.

Um distante martelar capturou sua atenção. Ela saiu do camarim e seguiu andando pelo corredor.

— Mas o palco fica pra lá! — avisou Manyu.

Mei seguiu rumo ao barulho. Alguns metros adiante, o corredor havia sido interditado com um tapume e uma placa dizendo: "Obra em andamento. Entrada proibida." Ela aguçou os ouvidos, mas já não havia nenhum ruído do outro lado do tapume.

8

A cidadezinha de Naguan resumia-se praticamente a uma rua, ao longo da qual se viam diversas casinhas de taipa, a sede do Comitê Revolucionário e de Segurança Pública da prefeitura (a única construção de tijolos) e alguns estabelecimentos comerciais: um empório, um mercadinho, um açougue, um herbanário, uma confeitaria, uma casa de chá e duas barraquinhas vendendo panquecas de cebolinha e *wotou*.

Era dia de feira. Camponeses andavam apressados com cestos de hortaliças pendurados aos *bian dian*. Mulheres carregavam balaios entre os braços ou sobre a cabeça. Carroças puxadas por bois ou burros transportavam porcos, galinhas e pessoas. Aqui e ali, grupinhos se formavam em torno de bicicletas e carroças, tentando consertar correntes e rodas. Um ônibus velho havia quebrado diante da prefeitura. O motorista levantara o capô e agora se debatia com o motor, cercado por um grupo de homens. Alguns ofereciam conselhos, outros apenas observavam.

Lin comprou seu almoço numa das barraquinhas: dois *wotou* e uma grande tigela de *pao mao* (caldo quente com farinha de rosca). Os *wotou* em nada lembravam aqueles servidos no reformatório; estavam quentinhos e eram feitos de farinha de milho fresca. Enquanto comia, Lin pôs-se a observar o movimento na rua. Rapazes vestindo suas melhores camisas e calças de poliéster passavam em grupos. Meninas andavam de mãos dadas trocando risinhos. Duas camponesas de tranças compridas tocavam uma carroça; tinham lá seus 16 anos, a julgar pelos bustos que se insinuavam sob as blusas finas. Lin sentiu um misto de desejo e melancolia.

Do outro lado da rua, um barbeiro ambulante sentava-se numa cadeira dobrável à espera de clientes. Lin se aproximou dele.

— Quanto é? — perguntou.

— Sabão, corte e barba: cinco iuanes.

Lin assentiu com a cabeça, e o barbeiro lhe ofereceu a cadeira.

— Pode deixar sua trouxa no chão — disse, afiando uma lâmina sobre um pedaço de couro. — Vou ficar de olho nela.

Mas Lin não quis largar seus pertences.

— O irmão veio de longe? — quis saber o barbeiro.

— Sim.

— De onde, e pra onde está indo?

Lin refletiu um instante antes de responder.

— De Gansu.

— Mas seu sotaque não é de Gansu.

— Minha cidade natal, Laojia, não fica exatamente em Gansu — emendou-se Lin. — Fica mais para oeste, nas terras altas de Qinghai.

O barbeiro molhou o rosto dele com uma toalha. Tinha olhos afastados que se estiravam ainda mais quando ele sorria.

— E o que trouxe você aqui?

— Preciso trabalhar.

— Que tipo de trabalho está procurando?

— Qualquer um. Só quero juntar dinheiro bastante pra comprar uma passagem pra Pequim.

— Todo mundo da sua idade quer ir pra cidade grande — observou o barbeiro, espumando a barba de Lin. — Mas eu entendo. Os ricos moram nas cidades, e os pobres, no interior. Ninguém fica rico com plantação. São cotas e mais cotas, sem falar nas taxas e impostos. Nos anos de colheita boa, o governo vem e mete a mão em grande parte da renda. E quando o clima não colabora, aí então... Ninguém come, nem os velhos nem os jovens. A vida é dura pra quem depende dos caprichos do tempo. Recline na cadeira, irmão. Se tivesse sua idade, também iria embora. Agora fique quieto. Lá vem a lâmina. Mas que tipo de trabalho você fazia na sua terra natal?

— Trabalhava num **forno** de cal.

— Por aqui não tem forno nenhum, só plantação. Ainda bem que não trabalho no campo. Sou um homem simples, não levo jeito pra coisa. Sei que nunca vou ficar rico, mas enquanto tiver minha lâmina de barbear, minha família não passa fome. Tenho dois filhos — ele disse, erguendo dois dedos. — Um casal. Quando minha mulher pariu pela segunda vez, o menino, tivemos de pagar uma multa de quatro mil iuanes por violar a lei do filho único. Sou um homem simples, mas fui lá e joguei o dinheiro na cara deles. Agora tenho um filho homem, e isso é tudo que importa. A chama dos meus ancestrais vai continuar a arder!

Terminado o trabalho, o barbeiro abriu um pequeno espelho diante de Lin. Roçando o queixo agora macio e escanhoado, Lin estranhou o rosto que viu à sua frente: quase enxergou nele o jovem que fora um dia.

O barbeiro lavava sua lâmina num balde de madeira quando Lin lhe passou o dinheiro. Ele olhou para o alto e, apertando os olhos, disse:

— Muitos rapazes já foram pra cidade, e agora as mulheres e os velhos estão sobrecarregados com a colheita. Se você não se importa de pegar no pesado, há muito que fazer nos campos. Mas o dinheiro é uma ninharia.

Abrindo caminho entre os fregueses da feira, Lin refletiu sobre o conselho do barbeiro. Cogitou pedir trabalho num dos estabelecimentos comerciais, afinal ele havia frequentado uma universidade, mas talvez tivesse de apresentar seu certificado de soltura, o único documento de que dispunha. Nesse caso, não seria aceito em lugar nenhum.

A multidão mantinha ocupados os vendedores que expunham seus artigos em tapetinhos de palha como se ali estivessem pequenos tesouros: bolsas e cintos de couro, cosméticos, pregadores de cabelo em diversas cores e formas, tudo isso vindo das províncias costeiras.

As duas moças da carroça examinavam echarpes.

— Esta vermelha vai ficar linda em você — disse Lin. As echarpes o lembravam de casa, das mulheres que as usavam em Pequim.

A moça em questão virou-se para trás. Tinha a pele escura, queixo pontudo e olhos muito vivos.

— É assim que se usa — emendou Lin. Depois de virar o tecido para que se vissem as cores verdadeiras da estampa, ele passou a echarpe sobre o pescoço da moça.

— Eu sei! — ela devolveu, e o afastou com um empurrão.

A amiga, um tanto mais alta e gorducha, sorriu para ele. O olhar, tão inocente quanto o de uma criança, parecia dizer: "Não liga, ela é sempre assim."

— Vinte iuanes — disse o vendedor.

— Quanto? — espantou-se a moça, sem contudo tirar a echarpe.

— É importado. Da Coreia. Veja a etiqueta. Uma estampa dessas não se encontra na China.

— Dez iuanes.

— Tenho de viajar pra Chengdu pra comprar essas echarpes, que de qualquer modo já são caras. Se não for levar, não tem problema, comprador é o que não falta.

— É muito caro — cochichou a amiga.

No entanto, como se estivesse enfeitiçada, a moça não conseguia largar da tal echarpe.

— Olha, é a Xue! — exclamou um rapaz ao lado delas. De camisa polo multicolorida e óculos de aviador, acompanhava-se de dois amigos mais baixos e mais magros. O menor deles exibia olhos injetados; seguramente havia bebido. — Mas você pode pagar? — disse o de óculos, puxando a moça pela echarpe. Tinha os braços musculosos e um pescoço vermelho.

— Não é da sua conta! — Ela tentou se desvencilhar, mas não conseguiu.

— Se rasgar, alguém vai ter de pagar! — alertou o vendedor.

— Talvez eu lhe dê de presente — disse o rapaz, e plantou a boca nos lábios da moça.

— Larga ela! — berrou a gorducha. Tentou acudir a amiga, mas foi detida pelos outros dois rapazes. O de olhos injetados bufou um riso de escárnio.

A moça se debatia, retorcendo-se violentamente. O braço direito havia sido imobilizado contra as costas, mas com o esquerdo ela pôde desferir uma tentativa de soco, acertando seu agressor nos ombros e no rosto, fazendo com que os óculos fossem ao chão. Ele irrompeu numa gargalhada. E a moça cuspiu em seus olhos quando ele tentou roubar outro beijo.

— Vagabunda! — rugiu. — Outros homens entram nas suas calcinhas, e eu não ganho nem um beijo?! — Ele limpou o rosto com o dorso da mão e acertou um murro contra a moça. Ela arregalou os olhos e se encolheu. Lembrava um cavalo que, acostumado ao chicote, já havia previsto a chicotada. Por um instante exibiu um olhar que a deixou dez anos mais velha e pungentemente linda.

Lin acorreu com a velocidade do vento, o punho sólido como uma rocha. Com um único murro derrubou o rapaz, que caiu sobre as caixas de presilhas e cosméticos, esmagando-as sob o peso do corpo. O vendedor gritou, assim como as moças. Os outros dois rapazes se jogaram contra Lin. O de olhos injetados o imobilizou para que o outro lhe golpeasse o rosto. Lin imediatamente fechou a boca, e ouviu um estalo.

Tão logo se desvencilhou, derrubou o de olhos injetados e esmurrou o outro rapaz, chutando-o assim que ele caiu ao chão. O de olhos injetados se levantou novamente e atacou Lin por trás, mas Lin mal sentia os golpes. Só tinha olhos para o covarde a seus pés. Sentiu uma súbita vontade de matá-lo e estremeceu ao se imaginar tirando a vida do infeliz com as próprias mãos. Jogou-se contra ele e desferiu uma saraivada de murros, cada um mais forte que o outro.

— Pare! Você vai matá-lo! — berrou o vendedor.

As moças, abraçadas, gritaram por socorro, e as pessoas foram se aproximando do tumulto.

— Uma briga! Uma briga! — A aglomeração logo se multiplicou. Alguns se meteram na confusão, que dali a pouco se alastrou entre os recém-chegados.

— Chamem a polícia! — gritou alguém.

Cadeiras se espatifavam no chão. Echarpes alçavam voo como pássaros exóticos. Lin já não lembrava mais com quem estava lutando, tampouco por quê. De repente ouviu alguém dizer:

— Vai! Depressa! — Era a moça, pegando-o pelo braço.

— Foge para as montanhas!

Trocando socos a torto e a direito, Lin abriu caminho através do tumulto e seguiu correndo rua afora. Alguns vinham ao seu encontro para saber o que havia acontecido, mas ele não respondia: continuava correndo com o máximo de suas forças. De repente se viu longe da feira, já fora da cidade, e seguiu pela primeira estrada que encontrou. À sua frente, uma grande planície de campos amarelados. Mais uma vez era um homem sem casa e sem nenhum pertence.

9

Mei saiu do carro e examinou os arranha-céus residenciais a seu redor. A noite estava escura. A neve caía rápida e pesada. Mais uma vez ela verificou o endereço, confusa. Imaginara que Kaili morasse num grande condomínio fechado e protegido por seguranças. No entanto, tratava-se de um bairro de classe média, sem grandes atrativos.

Mei tomou o elevador para o décimo segundo andar do bloco 4. O corredor cheirava a mofo, comida e bebês. Ela encontrou o número certo e abriu a porta com a chave fornecida pelo Sr. Peng. As luzes do corredor projetaram sua sombra no interior do apartamento escuro.

Ela acendeu as luzes. As paredes se cobriam com retratos em tamanho real de Kaili. O silêncio aguçou os sentidos de Mei: os ouvidos tentavam captar os mais discretos ruídos, e os olhos, os mais discretos movimentos. O coração disparado por pouco não a deixava respirar; os músculos do corpo estavam tensos. Cautelosamente, ela seguiu pelo corredor sombrio que levava aos quartos. Nas paredes, mais fotografias de Kaili pareciam estar ali para zombar dela. Mei, no entanto, não se intimidou e foi em frente. Cada porta fechada escondia um perigo. A cada passo, o medo era maior. Ela teve a impressão de que o corredor se estreitava, de que as paredes se fechavam uma contra a outra.

Faltava pouco. No fim do corredor, uma porta se abriu de repente e um vulto saiu às pressas.

Atropelada, Mei bateu a cabeça contra a parede. Sentiu a visão se turvar e os ouvidos zumbirem. Já ia caindo quando estendeu um braço e alcançou algo. Ouviu um grito estridente, e uma segunda pessoa foi ao chão também. Mei se jogou contra ela, tentando imobilizá-la. Imediatamente levou um arranhão que lhe queimara o rosto, seguido de uma forte cotovelada contra o peito. Perdeu o ar dos pulmões, mas não largou sua presa.

Dali a pouco elas se desvencilharam uma da outra e ficaram ali, esparramadas no corredor, ofegantes.

— O que você está fazendo aqui? — perguntou Mei, exausta.

Os cabelos perfeitamente presos da Srta. Pink agora se encontravam em total desalinho, e a maquiagem, borrada.

— Não é da sua conta — disse ela, fulminando Mei com o olhar.

— Mas é da conta do Sr. Peng — devolveu Mei. Ficou de pé e estendeu a mão para que a Srta. Pink se levantasse também.

— Olha só o que você fez com minha roupa! — disse a secretária, apontando para um rasgo na saia.

Só então Mei percebeu que durante a queda ela havia se agarrado à alça da bolsa da Srta. Pink. Ainda a tinha na mão. Vendo isso, a secretária tentou arrancá-la de volta. Mei, no entanto, foi mais rápida. Voltou à sala e derramou o conteúdo da bolsa sobre o tampo de vidro de uma mesa: batons, chaves, maquiagem, uma carteira, uma agenda cor-de-rosa, algumas canetas, um isqueiro, um maço de Virginia Slims e algumas cartas.

— O que temos aqui? — perguntou.

A Srta. Pink mordeu os lábios e se sentou, ainda tentando recuperar o fôlego.

— Não tenho de lhe dizer nada.

Mei recolheu da mesa uma das chaves, idêntica à que o Sr. Peng lhe havia emprestado.

— Onde foi que conseguiu isto?

A Srta. Pink alcançou o maço e acendeu um cigarro.

— É minha.

— Como assim, é sua?

— Este apartamento é meu — disse a secretária, e deu um longo trago no cigarro. — Foi ele quem comprou. Costumava me dar todo tipo de presentes: joias de ouro, pérolas... Ele adora pérolas em suas mulheres. Um dia falou que tinha comprado um apartamento pra mim. Mas então encontrou a Kaili. Ele gosta de lugares assim, simples. Porque são discretos. Não acha que este é o lugar perfeito pra esconder uma amante? Além disso, o homem é um mão de vaca: por mais rico que seja, não resiste a uma pechincha. Talvez por isso não tenha resistido a Kaili. Um sapato velho, já usado um milhão de vezes. Ela veio com um belo desconto. — A Srta. Pink deu um risinho malicioso, deixando escapar uma lufada de fumaça entre os lábios carnudos. — Não ache você que eu era tão burra a ponto de acreditar que ele e eu tínhamos algo especial. Claro que não. Sabia que ele não seria fiel. Mas não me importava. Olhe bem pra mim: não posso me dar ao luxo de ficar escolhendo muito, posso? Fui trabalhar na gravadora assim que me formei no curso de secretariado. Trabalhávamos até tarde naquele escritório. Atravessamos diversas crises juntos. Ele dizia que jamais teria conseguido sem mim. O que é a mais pura verdade.

— Mas, se o Sr. Peng deu este apartamento a Kaili, como é que você tem a chave?

— Mandei fazer uma cópia, a partir desta que ele te deu. — A Srta. Pink cruzou as pernas. — No início não dei muito crédito aos boatos. Kaili é dessas mulheres meio malucas, um espírito selvagem. Às vezes some durante dias. Há quem diga que ela vem pra cá e se tranca pra se drogar. Mas quando você apareceu no escritório, percebi que algo muito sério havia acontecido. Estou apaixonada, Srta. Wang. — a Srta. Pink suspirou. — Pode imaginar como isso dói? Escrevi diversas cartas anônimas. Odeio aquela mulher. Mas não creio que ela tenha dado muita importância a essas cartas, ou, se deu, não demonstrou. Nunca ouvi ninguém falar sobre isso. Até onde eu era capaz de supor, o mais provável era que ela as tivesse jogado fora. Mas se não tivesse, eu não queria que a polícia as encontrasse.

Mei abriu uma das cartas e correu os olhos por ela. Ficou intrigada.

— Mas isto aqui é uma carta de amor?

— Eu estava separando as cartas quando você chegou, então guardei o que estava na minha mão. De qualquer modo, já estava cansada de ler tudo aquilo. Essa mulher não se importa com ninguém. Devora os homens e depois cospe os ossos. Fico feliz que tenha sumido. Tomara que esteja morta.

— Você sabe que se a polícia for chamada vou ter de contar toda a verdade, não sabe?

— A verdade? — repetiu a Srta. Pink, com um risinho seco. — Espero que você a descubra logo. — Um a um ela recolheu seus objetos e os guardou de volta na bolsa. Decerto se acalmara com o cigarro. Ficou de pé e, batendo os saltos pink no chão enquanto remexia os quadris, caminhou até a porta e saiu sem mais dizer. Parecia ter se recomposto, mas claramente sofrera algum dano, assim como a saia do terninho.

Tão logo se viu sozinha, Mei foi para o quarto, o cômodo principal na residência de qualquer mulher. Uma enorme cama de metal dourado ocupava quase todo o espaço. De um lado ficava uma mesinha de cabeceira; do outro, uma penteadeira. Não se via nenhuma desordem. Caso a Srta. Pink tivesse vasculhado o quarto, colocara tudo de volta em seu devido lugar.

Mei vestiu um par de luvas de borracha e abriu o armário, que se atulhava de roupas: vestidos longos, saias curtas, calças jeans, casacos de pele e de couro, quase tudo preto. Também havia algumas peças masculinas, entre elas um roupão de seda. Na prateleira inferior, pilhas e mais pilhas de sapatos; na superior, bolsas Chanel, Louis Vuitton e Gucci.

A penteadeira não era lá muito organizada. Maquiagens, frascos de perfume, maços de cigarros e vidros de comprimidos se espalhavam sobre o tampo. Mei examinou os rótulos: analgésicos, sedativos... alguns não traziam nenhuma identificação. Ela sentiu pena da mulher que morava ali.

Vendo que nenhuma das gavetas da mesinha de cabeceira se achava trancada, abriu a de cima e encontrou uma miscelânea de contas, recibos, cadernetas bancárias, documentos de identidade, lembretes de compromissos. Recolheu as cadernetas e as examinou. Tudo indicava que Kaili enriquecera apenas recentemente: fizera alguns poucos saques de valor expressivo. Mei anotou as datas e os montantes, e devolveu as cadernetas à gaveta. As duas de baixo continham diversas joias de pérola e outras pedras, jogadas displicentemente nas caixas.

Ao que tudo indicava, Kaili não dava muita importância a nada, vivia sua vida, um dia de cada vez.

O escritório, no entanto, estava bem mais arrumado. Troféus, prêmios e álbuns estavam alojados num armário com portas de vidro. Dois violões se apoiavam contra esse armário, com partituras e cadernos empilhados por perto. Uma das portas de vidro se encontrava aberta; diante dela, no chão, via-se uma caixa com diversos objetos: a que a Srta.

Pink vasculhava quando Mei chegou. Várias cartas haviam sido abertas e lidas, depois abandonadas sobre o chão. Mais cartas de amor.

Mei recolheu a caixa e levou-a para a escrivaninha. Acendeu o abajur e examinou cada objeto contra a luz: um pequeno cupido de porcelana, um colar de conchas minúsculas, um *ei* (uma pedra com uma inscrição de amor), lenços, uma folha de bordo seca que se partiu ao meio quando Mei a pegou. Seguramente, recordações de casos amorosos.

Ela é vaidosa, pensou Mei, conquista os homens pelo mero prazer da conquista. Era bem possível que sequer voltasse àquela caixa para rever os objetos ou reler uma das cartas, para relembrar com ternura os momentos especiais que vivera. Ou talvez olhasse com escárnio para tudo aquilo, meros registros de suas inúmeras aventuras.

Confusa, Mei novamente examinou cada um dos objetos. Queria encontrar algo, qualquer coisa, que lhe desse uma pista. De um modo inexplicável, estava fascinada por Kaili. Tinha a impressão de que uma mulher diferente se escondia sob a superfície das aparências. Precisava saber quem era essa mulher.

Por fim ela alcançou o fundo da caixa e ficou surpresa ao encontrar ali mais três cartas, escritas num papel que desde muito já não se encontrava para comprar. Aparentemente haviam permanecido intocadas por um bom tempo, talvez esquecidas: as dobraduras já ameaçavam esfarelar. Com muito cuidado, retirou-as da caixa e abriu-as sobre a mesa.

10

Lin foi subindo pela estrada até chegar a um grande arco de argila, a entrada de uma aldeia. Anoitecia, e os velhinhos locais, sentados em bancos ou toras de madeira, fumavam seus charutos sob a ampla copa de um carvalho. Talvez tivessem passado o dia inteiro ali. Vendo Lin se aproximar, eles se calaram.

Lin sorriu e foi se acomodar numa pedra grande, a certa distância do carvalho. À luz do crepúsculo, notou a tampa escura de um poço, que lembrava um altar. A aldeia propriamente dita estendia-se pelas encostas da montanha, com casas e muros de taipa. Uma lamparina a óleo bruxuleava do outro lado de uma janela. O vento soprava montanha abaixo, trazendo consigo um aroma de comida. Lin imaginou os *wotou* amarelinhos chiando enquanto eram cozidos no vapor; as carnes suculentas que ferviam nas panelas; o macarrão despejado nas tigelas de sopa.

Um grupo de pessoas surgiu ao topo de uma colina; algumas carregavam lamparinas. A aglomeração foi aumentando aos poucos, na mesma medida da fome de Lin. Ouvindo as vozes se aproximando, ele se lembrou da jaqueta Mao, perdida junto com a trouxa. Ponderou que seria conveniente ter algo parecido naquele momento.

— Lá está ele! — Crianças agora desciam correndo pela encosta, tão rápido quanto lhes permitiam os pés. Vinham seguidos de outros aldeões, homens e mulheres que voltavam dos campos ou da feira. Ao que parecia, todos sabiam da presença do forasteiro.

Eles pararam a poucos metros de Lin e ficaram ali, avaliando-o.

— O que você está fazendo aqui? — berrou um dos homens.

— De onde veio? — Uma mulher ergueu a lamparina para iluminar o rosto de Lin.

— Vim atrás de trabalho — ele disse. — Por acaso vocês precisam de ajuda na colheita?

— Chamem o chefe!

— Alguém sabe onde ele está?

— O trabalho no campo é duro — disse um homem calvo.

— Estou acostumado — retrucou Lin.

— O chefe já está vindo! — O burburinho logo se espalhou como o zumbido do vento sobre um campo de cevada, e então um caminho se abriu na multidão para dar passagem ao chefe da aldeia. Ele aparentava uns 40 anos. Corpulento, veio se aproximando com passos cadenciados, olhos firmes à sua frente, um cachimbo preso no canto da boca. Dava a impressão de que jamais cedia à pressa.

— Que foi que houve? — perguntou. Embora estivesse diante de Lin, olhava para os aldeões.

— O forasteiro diz que quer trabalho — disse o jovem camponês, o primeiro que havia perguntado algo a Lin.

— Sabemos de onde vem?

— Ele não disse.

— E você sabe como ele se chama?

— Não.

— E por que ninguém perguntou? — O chefe tirou uma baforada do cachimbo e só então se virou para Lin. — Qual é o seu nome?

— Lin — ele respondeu, e deliciou-se com o cheirinho de tabaco que lhe chegava às narinas, uma forte variedade local.

— Preciso ver seus documentos. Não aceitamos qualquer um que dá as caras por aqui. Venha comigo.

Lin ficou de pé. Os aldeões recuaram.

— Agora vocês podem ir — disse-lhes o chefe. — Voltem pra casa. Não há mais nada pra se ver aqui.

Gradualmente as mulheres se dirigiram ao carvalho para buscar seus respectivos velhinhos. As crianças foram mandadas de volta para casa; algumas precisaram ser arrastadas. O chefe da aldeia foi subindo pela encosta com o mesmo vagar de antes. Atrás dele, feito um enxame de abelhas, seguiram Lin e os demais aldeões.

A certa altura uma moça gorducha irrompeu de uma das casas. Lin imediatamente se lembrou de tê-la visto na feira.

— O que está acontecendo, Ba? — ela perguntou ao chefe da aldeia.

— Nada. Falei que era pra você não sair. O jantar já está pronto? Avise sua mãe que não demoro.

A moça gorducha ficou onde estava, os olhos plantados em Lin.

— Para onde o senhor está levando ele? — perguntou.

— Para o centro comunitário, ora essa. Agora vai, entra.

O cortejo seguiu em frente.

Quando Lin se virou, viu que a moça ainda se encontrava na encosta. Por causa da escuridão não pôde enxergar o rosto dela, mas imaginou-o inflado de ansiedade, tal como o vira na feira.

E ao mesmo tempo se lembrou da amiga que a acompanhava, da voz que sobrelevara o mundo ao alertá-lo: "Foge para as montanhas!"

O centro comunitário da aldeia resumia-se a uma casinha de taipa e um quintal. Na fachada, uma placa branca e comprida informava: "Comitê Revolucionário Local". O cortejo se desfez, e as pessoas voltaram para casa, a não ser pelos três rapazes que de iniciativa própria montaram sentinela no quintal.

No interior da casinha, o chefe da aldeia buscou uma lamparina pendurada à parede e acendeu o pavio. Sombras escuras se formaram por toda parte, entrelaçando-se de modo ameaçador.

O chefe se sentou numa cadeira; empurrando o cachimbo para o canto da boca, disse:

— Sou a única autoridade por aqui: chefe da aldeia, secretário do Partido, presidente do Comitê Revolucionário. Poços Gêmeos, é este o nome do nosso vilarejo. Uma comunidade pequena, com trinta ou quarenta famílias, dependendo de como se contam os parentes. Somos pobres. Não recebo nenhuma remuneração pelos cargos que ocupo. No fim do ano, tenho de entregar a mesma quantidade de grãos que todos os outros. Se você não fizer nenhuma besteira, pode ficar. Nos dias de hoje, a Comuna Popular não passa de uma formalidade. Todas as famílias têm de produzir sua cota de grãos. A colheita é um trabalho difícil, e se você não estiver à altura, vai ter de partir. Entendido? Minha palavra aqui é lei.

Num poster pendurado à parede, o comandante Mao olhava enigmaticamente para algo a sua frente. O que poderia ser? Lin não fazia a menor ideia. Dois *chun lian* vermelhos ladeavam a moldura, com dísticos que diziam: "Parabéns por enriquecer". Decerto haviam sido pendurados seis meses antes, durante o último Festival da Primavera. Já estavam desbotados.

— Você está em apuros com a polícia?

Lin refletiu antes de responder. Uma viagem clandestina num trem de carga, uma briga na feira... O bastante para mandá-lo de volta à prisão na manhã seguinte.

— Hoje em dia, quem é que não está?

— Cuidado com o que diz, rapaz.
— Não, senhor. Não estou em apuros com a polícia.
— E esse corte na testa? Parece recente.
— Não foi culpa minha.
— Um homem bom não briga.
— Um homem bom não perde.
— De onde você é? — perguntou o chefe da aldeia.
— De muito longe.
— Quer trabalhar ou não quer?
— Sou das montanhas de Qinghai. Nossa mãe está doente e precisa de dinheiro. Todo mundo diz que o salário aqui é bom.

O chefe balançou a cabeça.

— Está mentindo. E a mentira faz um homem bom apodrecer. Onde está sua carteira da Comuna Popular?
— Perdi meus documentos, minha trouxa e meu dinheiro.
— Não vá dizer que foi roubado.
— Não. Eu me envolvi numa briga e precisei fugir.
— Então vou ter de despachá-lo — disse o chefe. — A colheita será dura para muitas famílias, mas não podemos ter entre nós alguém em quem não confiamos.

Eles saíram ao quintal. Um dos três rapazes, que vinha bisbilhotando a conversa, correu para espalhar as novidades.

Dali a pouco uma moça chegou ao centro comunitário.

— O senhor não pode mandar ele embora, Ba. Para onde ele vai numa escuridão dessas? — A filha do chefe da aldeia ofegava, tentando recuperar o fôlego.

— Gorducha, isto não é assunto seu — esbravejou o chefe.

Só então Lin viu que ela não estava desacompanhada. Viera com a amiga da feira, que agora vestia uma blusinha cor-de-rosa bem justa e um par de calças pretas largas. Parada ao portão, ela segurava uma lamparina, os olhos refletindo a dança da chama.

— A gente o conheceu na feira. É um homem bom. Ajudou a gente, eu e Xiao Hua — disse a filha do chefe, atropelando as palavras. — O senhor conhece o Cabeça Grande, do vilarejo de Du, não conhece? Pois então: ele e dois amigos nos atacaram. Foi esse homem aí que nos salvou.

Dirigindo-se à amiga da filha, o chefe da aldeia disse:

— É verdade, Xiao Hua?

Ela fez que sim com a cabeça.

— Por que você não me contou antes? — disse o chefe para a filha. — Sua mãe sabe disso?

— Ba! — ela suplicou, puxando o pai pela manga da camisa.

— Talvez seja melhor conversarmos lá dentro — disse o chefe, depois de certa hesitação. Ele e as duas moças entraram na casinha e fecharam a porta.

Saíram minutos depois, as amigas sorrindo de mãos dadas. Dirigindo-se a Lin, o chefe disse:

— Agora sei que você estava dizendo a verdade sobre a briga e o roubo de suas coisas. Pode ficar. Vai dormir no estábulo.

— Muito obrigado... Seria possível comer alguma coisa? Estou morrendo de fome.

— Venha conosco pra casa — disse a filha do chefe, empolgada. — Mamãe preparou uma carne deliciosa. Meu nome é Li Yun Yun, mas todo mundo me chama de Gorducha.

— Agora chega de conversa! — interveio o chefe. — Vá e diga à sua mãe pra colocar mais um prato na mesa.

Terminado o jantar, o chefe da aldeia acompanhou Lin até o estábulo, levando consigo uma lamparina e uma colcha enrolada. As estrelas já cintilavam no céu. Eles chegaram aos confins do vilarejo.

A noite estava fria. Lin podia ouvir o farfalhar das copas contra a brisa.

— Deixei que você ficasse. Isso não significa que confio em você.

— Não vou causar nenhum problema — prometeu Lin.

— Fique longe de Xiao Hua — advertiu o chefe.

Uma raposa regougou nas redondezas. Uma meia-lua despontou sobre as árvores.

No estábulo, o chefe jogou a colcha sobre um monte de feno.

— Saímos amanhã bem cedo — disse.

Tão logo ficou sozinho, Lin se acomodou no feno e caiu num sono profundo, isento de sonhos. Por algumas horas se viu livre do passado.

11

O papel, quase transparente de tão fino, farfalhou quando Mei o abriu. A caligrafia era primorosa.

8 de fevereiro de 1989

Querida Kaili,
Faz duas semanas que cheguei em casa e penso em você todos os dias. O frio é grande, como sempre acontece nesta época do Festival da Primavera. Nevou dois dias antes do ano-novo.
Sempre que volto para casa, vejo quanto Vovô está envelhecendo. Agora ele se move com muita lentidão e às vezes se esquece das coisas, mas ainda trabalha na escola onde eu estudava. Faz vinte anos que é o zelador da Escola de Ensino Médio Número 6 da Zona Oeste! Acha que o trabalho irá mantê-lo vivo e saudável ainda por muitos anos, mas ando preocupado. Afinal, ele está com 71 anos e fica absolutamente sozinho quando estou na universidade.

Ainda bem que agora estou aqui com ele neste frio. Comprei mais carvão de modo que ele possa aquecer a casa até a chegada da primavera. Levei-o a um desses shoppings novos de Pequim, e compramos chun lian *para pendurar em nossa porta. Vovô se atrapalhou com tanta variedade: sempre faz suas compras na* hutong *do nosso bairro. Também compramos foguetes e papel para fazer recortes. Vovô é ótimo nos recortes; temos duas fênix e uma intricada flor de lótus coladas em nossa janela.*

Fomos para a casa do Barril na véspera do ano-novo. Jantamos juntos e assistimos ao baile de gala do Festival da Primavera pela TV.

O Barril está de férias da academia de polícia, um dia você ainda vai conhecê-lo. Apesar do apelido, desde os 14 ou 15 anos que ele não é mais gordo. Três anos de treinamento na academia fizeram dele um homem esguio e forte. Agora parece um adulto, ficou mais sério também, mas ainda é meu melhor amigo, apesar de ficarmos meses sem nos ver. Sempre que nos revemos, recomeçamos de onde havíamos parado.

Ele e eu fomos para o Miaohui *do Parque Ditan, comprar coisas para o Festival. Vovô não quis ir conosco porque não gosta de multidões. Ou talvez tenha achado que eu me divertiria mais na companhia do Barril. E nos divertimos mesmo. O Barril adora as comidinhas da velha Pequim: comemos sopa de flor de lótus, salsichas fritas de vagem e farinha, macarrão com molho de ostra e teriyaki, caldo de feijão vermelho...*

O Barril nunca foi bom aluno na escola, e os pais ficaram desapontados quando ele optou pela academia de polícia, achando que lá o ensino não era bom. Mas meu amigo se saiu muito bem: filiou-se ao Partido e ano passado recebeu uma comenda de membro exemplar. Virou outra pessoa quando os instrutores disseram que ele tinha um futuro brilhante pela frente. Agora fala de sonhos, tem ambições...

Contei a ele sobre você; falei que você tinha 18 anos, era inteligente, linda e corajosa. Também contei daquela vez que saímos com os pescadores. Você nunca tinha visto o mar, e eu, apenas uma vez: no barco de pesquisa da universidade. O barquinho dos pescadores, minúsculo se comparado à nossa embarcação enorme e equipada com instrumentos científicos, seguia sacolejando ao sabor das ondas. Já era outono, mas o sol ainda estava quente. Depois que os pescadores jogaram suas redes, ficamos ali, aguardando e conversando. E depois de um tempo, quando dei por mim, você tinha pulado na água e nadava como um peixe, rindo e zombando dos pescadores. Alguém a tinha desafiado.

Contei ao Barril como eles ficaram impressionados. Ele disse que você devia ser meio maluca, mas, vindo dele, isso é um elogio. Pediu para ver uma foto sua, mas eu não tinha nenhuma para mostrar.

Não posso pedir dinheiro ao Vovô para comprar uma câmera. Nossas finanças já não andam lá muito bem. Também achei melhor não contar a ele sobre você. Na opinião do Vovô, sou novo demais para ter uma namorada. Mas faço 20 anos no próximo verão. Às vezes acho que ninguém notou que cresci. Todos ainda me tratam como seu eu fosse criança. Os pais do Barril, por exemplo, até hoje me paparicam como costuma-

vam fazer quando eu chegava em casa com os prêmios recebidos na escola. Papai Liu, o barbeiro ambulante que mora na nossa hutong desde sempre, insiste que tenho de cortar meu cabelo com ele, e não nessas barbearias novas e modernas. "Cortei seu cabelo a vida inteira", ele diz, "por que não continuar cortando agora?"

O problema maior, eu acho, é o Vovô. Ele às vezes passa a noite inteira falando do passado, da época em que meus pais ainda eram vivos. Sempre gostou de recordar os velhos tempos, mas depois que passei esses meses longe, ele parece cada vez mais preso ao passado. Tenho a impressão de que, quando estou fora, ele não pensa em outra coisa. Não posso culpá-lo, mas quero falar do futuro, de você, e não posso.

Portanto, foi ótimo irmos para a casa do Barril e acompanharmos o show do Festival. Conversamos sobre coisas que ainda estão por vir. O Barril disse que, assim que começar a trabalhar, vai juntar dinheiro para comprar uma moto. Os pais acham que ele nunca vai conseguir, não com um salário de policial.

"Não estou falando de uma Honda nem de uma Yamaha, mas de uma lata-velha militar qualquer", ele falou. Temos algumas na academia. "Depois que me casar e tiver um filho, é só comprar um daqueles carrinhos de acoplar."

Os pais falaram que ele estava sonhando. "Bobagem! Nosso filho nunca fez nada direito. Uma vergonha, Velho Vizinho!", disse a mãe dele ao Vovô. "Ao contrário do seu Lin, que é muito inteligente!"

Vovô gostou de ouvir isso. Orgulha-se de ter me criado sozinho.

Falei aos pais do Barril que eles deviam acreditar mais no filho, já que ele está indo tão bem na academia. Quem pode afirmar que meu amigo não terá um futuro brilhante? Os velhos disseram que só acreditam vendo.

Ah, os pais e os avós... Que jeito estranho de demonstrar amor!

O Barril não gostou nem um pouco do que ouviu. Ficou mudo por um tempo, mas bastou comer para que ele voltasse ao normal. Perguntou ao Vovô quais eram as previsões para o ano-novo. Sabe, Vovô ainda é da época do último imperador, conhece os velhos costumes.

De início ele não quis dizer nada, mas acabou cedendo à pressão.

"Os anos de cobra nunca são bons", falou, "e este que está por vir será pior ainda. São cinco tipos de cobra: da terra, do fogo, do vento, do metal e da água. Pois a cobra da terra é a pior de todas. Haverá conflitos, negociações difíceis, levantes e até guerra."

"Mas achei que as cobras fossem inteligentes", falei.

"As pessoas que nascem num ano de cobra são mesmo muito inteligentes. Mas a cobra também é o signo de maior força negativa."

Aquilo era um balde de água fria no espírito do festival. Mas então o Barril disse: "Isso significa que será um ano bom para mim. Não falam por aí que os heróis nascem do caos?"

"Ah, mais bobagens!", exclamou a mãe dele, e todo mundo riu.

Depois do show, à meia-noite, fomos para a rua e começamos a soltar foguetes na neve. Todo mundo estava na hutong, *até os casais com bebês de colo, todos rindo, cumprimentando e desejando sorte uns aos outros. "Boa Sorte!" diziam alguns. "Parabéns por enriquecer!", diziam outros.*

Ah, eu amo a minha hutong, a neve, meus vizinhos, o ano-novo...

E amo você também.

L.

As palavras se iluminavam sob a luz do abajur. A carta havia sido escrita nove anos antes, quando Kaili era uma jovem adulta. Talvez L tivesse sido seu primeiro amor, um amor puro e inocente. Mei lembrou-se de seu próprio primeiro amor. Conhecera Ya-Ping quando ambos tinham 18 anos, no primeiro dia de aula na universidade; aos 20, eles se apaixonaram. Lembrou-se também de um encontro que haviam tido no templo do lago Weming, do perfume que a relva da primavera exalava nas margens. Uma época de aprendizagem e sonhos: o primeiro beijo, as primeiras juras de amor.

Mei voltou sua atenção para a carta. Naquelas páginas, Kaili era outra pessoa: jovem, confiante, cheia de vida. Mei queria saber mais sobre ela, sobre o que havia acontecido àquele amor. Então abriu a segunda carta.

12

A colheita era um trabalho duro, até mesmo para quem não estava tentando produzir duas vezes mais que os outros, a fim de comprar uma passagem de volta para casa. Lin passava o dia inteiro labutando nos campos, dobrando a coluna para ceifar o trigo. Os camponeses davam a impressão de que o trabalho era fácil, mas Lin já havia constatado que a foice não tardava a pesar na mão. Por vezes empertigava o tronco e admirava os companheiros trabalhando à sua volta, as partes da plantação que já haviam sido cortadas. Mas o que ainda faltava parecia interminável. O sol castigava desde a manhãzinha até o entardecer, e a pele de Lin já estava bem mais escura.

Ao meio-dia uma carroça chegava da aldeia trazendo água e comida. Às vezes seguia até o milharal onde as mulheres colhiam espigas e guardavam-nas em cestos. A comida avivava o ânimo dos jovens camponeses, que começavam a contar piadas obscenas quando as esposas chegavam com o almoço, corriam atrás delas pelos campos, rindo à larga e por vezes incitando tapas bem-humorados por parte das mulheres.

Lin comia sozinho em seu canto. A maioria dos companheiros não ousava se aproximar, embora alguns fossem mais cordiais: ocasionalmente dividiam uma piada ou perguntavam sobre as viagens dele. No entanto, todos sabiam da briga na feira. Já o tinham visto, vez ou outra, perder a cabeça diante de uma provocação, e portanto temiam a besta-fera que aparentemente o habitava.

Muitas vezes o próprio Lin se assustava com a violência de suas reações. Aqui e ali, sem que ninguém percebesse, ele subitamente se via tomado de raiva; então buscava refúgio no isolamento e, uma vez sozinho, recobrava a calma. O calor do sol fritava seus miolos, e o incessante cantar das cigarras trazia à tona um ardente desejo de frescor, além de diversas lembranças de seu passado em Pequim: os carvalhos centenários da parte velha da cidade, os vendedores de sorvete que passavam de bicicleta, a enorme janela da casa do avô, o amigo Barril...

A casa da família Xue ficava nos confins de Poços Gêmeos, próximo ao bosque e ao cemitério. Segundo Xiao Hua, isso explicava a escassez de visitas que eles recebiam dos demais aldeões.

— Dizem que o vento sopra do cemitério na nossa direção, e que isso traz má sorte. Pura superstição. A gente não acredita nessa bobagem, não é, Segunda Raiz?

O irmão de Xiao Hua fez que não com a cabeça. Raramente falava, porque era gago.

Lin e Segunda Raiz sentavam-se de pernas cruzadas sobre a *kang*, uma cama feita de barro. Entre eles, uma mesinha baixa alojava quatro pratos, um cozido de carne, uma tigela de ovos mexidos e outra de legumes fritos. Também sobre a cama, esperando para comer, encontrava-se o pai de Xiao Hua, apoiado em algumas almofadas.

A claridade do dia já havia dado lugar a um crepúsculo rosado, e o vapor da comida umedecia o ar.

Xiao Hua chegou com um prato de *wotou*.

— Nada muito especial — ela advertiu Lin.

— Quente demais — resmungou o pai.

Era um homem baixo e dava a impressão de que havia encolhido com o tempo. A pele era pálida e engelhada; os olhos e a boca pareciam afundar nas carnes vizinhas. Ele lançou um olhar rabugento na direção da comida.

— Quanta fartura! Até parece que somos ricos.

— Ba! — exclamou Xiao Hua, corada. — Temos visita!

O velho tossiu, borbulhando muco na garganta.

— Se continuarmos esbanjando assim — disse —, o que vamos comer quando o dinheiro acabar? O vento noroeste?

Segunda Raiz fisgou um pedaço de carne e despejou na tigela de Lin.

— C-c-c-c-coma — disse, sério.

Moscas sobrevoavam a comida. Por mais que Xiao Hua tentasse espantá-las, elas sempre voltavam.

— Para que tanta cerimônia? — disse o velho à filha. — Nosso convidado não é nenhum funcionário do governo.

Xiao Hua fitou o pai com um olhar de desespero.

— Coma devagar — ela disse a Lin. E voltou para a cozinha, passando ao largo de um poster em que se viam dois bebês sorridentes, ambos do sexo masculino.

— Deve ser uma bênção ter uma filha tão prendada assim — Lin disse ao velho. Sentia-se obrigado a puxar conversa, mesmo sabendo que não era bem-vindo ali.

— Ela me deixa apodrecendo aqui o dia todo. Estou velho e doente. — Ele tossiu outra vez. — Preciso de alguém que cuide de mim.

— Sua filha me parece tão dedicada...

— Gasta todo o nosso dinheiro, que já não é muito. — Ele fez uma pausa para recuperar o fôlego. — Trabalhei duro a vida inteira pra criar meus dois filhos.

Segunda Raiz, que decerto ouvia a mesma ladainha todos os dias, sequer prestava atenção. Devorava seu jantar com ruidosas bocadas. Um travesseiro e uma colcha meticulosamente dobrada jaziam sobre a *kang*, rente à parede. Decerto pertenciam ao rapaz, pensou Lin.

— Uma filha tem lá suas obrigações — prosseguiu o velho. — A Gorducha não tem com o que se preocupar. A família dela tem dinheiro.

Lin baixou a cabeça e continuou a comer. Não fazia a menor ideia do que dizia o velho. Supôs então que ele vivesse num plano que só os idosos conheciam. Pensou em Xiao

Hua. Provavelmente ela já havia terminado a limpeza e agora comia junto ao fogão, sentada num banquinho.

Do outro lado da mesa, Segunda Raiz mastigava seu terceiro *wotou*.

Xiao Hua voltou com um bule de chá e três xícaras. Serviu o pai em primeiro lugar.

— Xícaras de plástico! — ele resmungou. — Isto aqui não é um banquete!

Xiao Hua sequer olhou para ele. Subiu na *kang* e fechou a janela atrás do pai, uma estrutura de madeira fina com papel branco no lugar das vidraças. Sem a brisa, o cômodo ficou abafado. Xiao Hua buscou uma lamparina e a colocou sobre a mesa.

— Quanto desperdício de óleo — disse o velho. — Ainda nem escureceu.

Xiao Hua saiu para a cozinha. Dali a pouco voltou com uma palha em chama, protegendo-a com a mão, e acendeu a lamparina.

O velho bufou mais uma vez.

— Beba seu chá, Ba. Daqui a pouco já é hora de dormir.

Lin e Segunda Raiz já haviam terminado de comer. Ambos haviam raspado seus respectivos pratos.

— Espero que você tenha gostado. — Xiao Hua disse a Lin, recolhendo as vasilhas. — Uma comidinha caseira, só isso.

— Estava delicioso — disse Lin, sorrindo. — Você cozinha muito bem.

— Bem, dizem que nem as melhores cozinheiras podem fazer milagre sem arroz — ela devolveu.

O velho tossiu e disse:

— Mulheres só sabem gastar dinheiro.

— Esse dinheiro fui *eu* que ganhei — retrucou Xiao Hua.

O velho de repente ficou sem ar, ofegante, e os olhos da filha se empanaram de culpa e dó.

— O senhor agora precisa descansar, Ba.

Ela levou os pratos e tigelas para a cozinha e voltou para retirar a mesa da *kang*. Segunda Raiz ajeitou o travesseiro do pai num dos cantos. Xiao Hua mergulhou uma toalha na água e limpou o rosto do velho, que não parava de tossir. Ela e o irmão se juntaram para ajudá-lo a se deitar.

Lin se retirou para a cozinha. A louça suja havia sido jogada dentro de uma *wok* sobre o fogão. Ele pegou um pedaço de palha, acendeu-o no fogo moribundo e usou a chama para acender um cigarro também de palha.

A cozinha era pequena e caótica. Palha e lenha se misturavam num monte junto à parede. Um jarro d'água, do tamanho de uma pessoa pequena, ladeava a porta. Um balde de madeira exalava um cheiro forte de repolho. Ovos, cabeças de alho, cebolinhas e espigas de milho se amontoavam no interior de um cesto. Uma enorme faca de cozinha jazia ao lado da *wok*.

Lin pitava seu cigarro enquanto a lenha crepitava no fogão. Pela porta aberta ele podia vislumbrar a noite escura do quintal, as árvores por pouco indiscerníveis. Pequim e o ódio pareciam distantes demais.

Xiao Hua e Segunda Raiz vieram da sala, ela carregando a bacia d'água e a lamparina, e ele, um tubo de bambu com uma tampa.

— Segunda Raiz quer ir até a aldeia. Hoje à noite tem luta de grilo — disse Xiao Hua, depondo a bacia e a lamparina.

Segunda Raiz destampou o bambu e mostrou seu grilo a Lin.

— O q-q-q-que você acha?

Erguendo a lamparina, Lin viu uma minúscula criatura, imóvel, no fundo do tubo.

— Tem certeza que ele vai lutar? — perguntou.

Segunda Raiz abriu um sorriso e fez que sim com a cabeça.

— Quer ir com ele? — perguntou Xiao Hua.

— Vou ficar pra ajudar com a louça.

Xiao Hua sorriu com lábios e olhos.

— Não chegue tarde — ela disse ao irmão, que saiu em disparada.

Xiao Hua buscou duas espigas no cesto e jogou-as nas cinzas do fogão. Despejou a água do jarro sobre a *wok* e começou a lavar os pratos e tigelas.

Não havia muito que Lin pudesse fazer. Então ele ficou ali por perto, fumando.

— Esta casa está imunda — disse Xiao Hua. — Tem palha pra todo lado. Sem falar nas moscas. Por mais que eu limpe, elas nunca vão embora. Anos atrás, quando ainda estava bem, papai falava de aumentar a casa. Mas nunca tivemos dinheiro pra isso. Tudo é tão caro... Especialmente na cidade.

Ela manuseava a louça com rapidez, as mãos lembrando dois peixes saltitando na água. Ia empilhando cada prato ou tigela sobre os demais que já se encontravam na bancada próxima ao fogão.

— Você já esteve em alguma cidade? — perguntou a Lin.

— Já.

— Era bonito?

— Muito.

— Aposto que as moças eram lindas e elegantes, como a gente vê nas revistas.

— Você é linda.

— Pode me ajudar com a água? — ela perguntou.

Lin pegou a *wok* e jogou a água suja no quintal.

Xia Hua secou as mãos na barra da blusa. Sabia que era bonita, claro. Percebia que Lin olhava fundo em seus olhos de cílios compridos. Mas isso não bastava.

— Falam por aí que a beleza de uma mulher é trinta por cento natureza e setenta por cento maquiagem. Ah, se eu tivesse dinheiro... — ela suspirou.

— Você tem sua família, uma vida segura. Talvez não dê nenhum valor a isso agora, mas poucas coisas importam mais que isso.

Xiao Hua levou o banquinho para o quintal.

— Venha — disse. — Aqui está mais fresco.

Lin seguiu-a e se acomodou na soleira da porta.

— Você tem saudades de casa? — perguntou Xiao Hua.

— Tenho. Assim que puder, vou voltar. O que começou por lá também há de terminar por lá.
— Está dizendo que vai levar dinheiro pra casa?
— O dinheiro não significa nada pra mim. Não compra de volta o que perdi na vida.
— Que foi que aconteceu?
— Uma história comprida. — Lin tentou sorrir. — Talvez um dia eu lhe conte.

Xiao Hua deu um trago no cigarro dele.
— Pois eu faria qualquer coisa por dinheiro. Já estou farta de ser pobre.
— Há coisas piores que a pobreza.
— Será? Nessa última primavera a comida acabou e passamos dois meses sem dinheiro pra comprar mais. Eu e meu irmão íamos pro mato buscar raízes. Não tínhamos dinheiro pra comprar os remédios do papai. Se o chefe da aldeia não tivesse emprestado alguns iuanes, papai teria morrido. Meu irmão não tinha nenhum casaco de inverno. E no ano-novo, não pudemos sequer comprar *chun lian* pra pendurar na nossa porta. Uma vergonha! Num raio de cinquenta quilômetros, todo mundo sabia da pobreza da família Xue.
— Pelo menos você é livre.
— Do que adianta a liberdade quando a gente está acorrentada à pobreza? As casamenteiras só me oferecem aquele idiota do Cabeça Grande e o louco do Huang. Será que não passo disso? De uma noiva barata? Papai também morre de vergonha, mas não demonstra. Quer o dinheiro do meu fu-

turo marido. Olha, eu aceitaria qualquer um só por amor ao papai e ao meu irmão. Claro que aceitaria. Eles são tudo que resta da minha família e... — Ela não conseguiu terminar, a voz embargada pela emoção.

Mas ainda era cedo demais, pensou Lin. Cedo demais para desistir de si mesma.

— Ah, minha falecida mãezinha... — Xiao Hua voltou os olhos para o cemitério. Na escuridão da noite nada se movia além das estrelas que cintilavam no alto. — Queria tanto que ela ainda estivesse aqui! Já fomos felizes um dia, sabe?

Lin quis tomar as mãos dela e contar sua própria história, dividir com Xiao Hua seu fardo. Mas soube se conter. Precisava ser cauteloso. Em hipótese alguma poderia deixar que descobrissem quem era.

Naquele instante ele sentiu o peso e a beleza da vida. A noite translúcida, o céu estrelado, o perfume da brisa de verão, os ruídos da fauna selvagem nas montanhas, tudo isso lhe partia o coração por trazer de volta à memória outra noite de verão, outra soleira.

— "Viajei por muitas léguas
Procurei por toda parte
Mas em nenhum lugar encontrei
O coração da minha juventude..."
— O que é isso?
— Parte de um poema.
— Um poema seu?

— Não. De um poeta que já morreu há mais de mil anos.

Xiao Hua encarou-o por um momento. Lin percebeu que ela estava intrigada, que procurava por respostas no rosto dele.

— Quem é você? Um andarilho não conhece poesia.

— Aprendi anos atrás, com um senhor mais velho. Achei que já tivesse esquecido — ele mentiu, procurando evadir-se.

— Não sei o que significa, mas gosto assim mesmo.

Xiao Hua sorriu. O equilíbrio havia sido restabelecido. Ela entrou para a cozinha.

Vendo que as espigas já estavam cozidas, ela as retirou do fogão, limpou as cinzas e usou a blusa para levá-las de volta ao quintal. Sentou-se ao lado de Lin na soleira da porta, e lá ficaram eles, saboreando o milho.

O óleo da lamparina já estava quase no fim. A certa altura Xiao Hua exalou um suspiro: os peitos subiram e desceram sob o algodão da blusa, e o ombro por pouco não roçou o de Lin. Ele, por sua vez, sentiu o cheiro e o calor da pele dela. Mais uma vez se lembrou do mar e da mulher que amara tanto tempo antes. Subitamente se viu tomado de desejo.

Pernilongos irromperam da mata, zumbindo seu grito de guerra.

13

28 de maio de 1989

Querida Kaili,

Sinto muito por não ter podido escrever antes. Mas não fique preocupada, meu amor, tudo está bem.

Só depois de chegar em casa foi que vi o quanto Vovô anda preocupado. Tantas coisas aconteceram em Pequim... E ainda estão acontecendo, muito além do que poderíamos ter imaginado.

O Comitê Revolucionário das Ruas e Hutongs recebeu um comunicado da Central do Partido, taxando o movimento estudantil de antirrevolucionário e alertando para as consequências que sofreriam os participantes. A presidente do comitê, a Sra. Tang, mora na nossa hutong, e, numa visita que fez ao Vovô, deixou-o tão aflito que ele entrou em pânico e me passou um telegrama.

Quando cheguei em casa, ele disse: "Fico menos preocupado com você ao meu lado. Só assim posso impedir que você faça uma besteira qualquer."

Falei que os estudantes não estavam causando nenhum problema, que só queriam democracia e liberdade de modo que todos os chineses pudessem ter uma vida melhor.

Vovô disse que não sabia direito o que era democracia e liberdade, mas sabia muito bem o que era uma vida boa: uma vida sem preocupações, sobressaltos e mortes. "Você será mais feliz se não tiver grandes expectativas", ele aconselhou. "Além disso, nunca vale a pena ir contra o Partido Comunista."

Mas não posso culpá-lo, sabe? Vovô perdeu seu único filho para a Revolução Cultural.

Argumentei que agora as coisas seriam diferentes, que a China havia se modernizado e aberto as portas para o mundo. Afinal, já se passaram quase 13 anos desde a morte do comandante Mao, e o Partido já teve tempo suficiente para reavaliar o legado dele.

As pessoas da geração dos nossos pais gostam de relembrar os tempos da Guarda Vermelha, falam que era uma época de muita empolgação... até que a revolução resvalou no extermínio em massa. Durante a viagem de trem para Pequim, pela primeira vez senti como é bom ter esperança. Os outros passageiros dividiam conosco sua comida, dizendo o quanto apreciavam o que estávamos fazendo pelo país. Muitos estudantes sequer tiveram de pagar a passagem, um gesto de apoio por parte dos guardas e bilheteiros.

Contudo, chegando a Pequim, encontrei um clima mais tenso. Ontem fui à Praça da Paz, mas não consegui entrar na zona de segurança dos estudantes, nem mesmo com a carteirinha da universidade. Vi alguns estudantes recusando a adesão de operários e outros estudantes vindos do interior. Eles pareciam nervosos. Alguém explicou que eles temiam que a polícia secreta se infiltrasse na praça.

A greve de fome já havia sido interrompida, mas milhares ainda ocupavam a praça. Alguns ainda acenavam as bandeiras de suas universidades. Os alto-falantes ainda denunciavam a truculência do Partido contra o movimento. No entanto, já não se via mais o entusiasmo e a determinação de antes. Ora, o governo já havia sobrevivido a uma greve de fome, a não sei quantas passeatas... Ninguém tinha a ilusão de que eles iriam ceder. Por outro lado, mesmo sabendo que a vitória era quase impossível, ninguém queria sair dali. Visitantes ainda colocavam dinheiro nas caixas de doações e se perguntavam para que serviria. A situação havia chegado a um impasse de fim imprevisível.

Muitos dos estudantes que tinham vindo de toda parte do país agora vagavam pelas ruas, decepcionados por não terem sido acolhidos pelos de Pequim. Muitos tinham viajado dias para chegar até ali. Os estudantes de Pequim estavam exaustos, mas os recém-chegados ainda estavam cheios de gás, de energia. Falavam em se organizar. Acreditavam que haviam perdido toda a agitação.

Em Qingdao nós também nos sentimos excluídos, não foi? Claro que fomos à prefeitura pra manifestar nosso apoio à greve de fome. Enfrentamos a polícia. Fomos para a estação e nos deitamos nos trilhos pra impedir que os trens levassem suprimentos militares para Pequim. Mas quem poderia saber o que de fato eles estavam levando e para onde estavam indo? Fize-

mos tudo isso porque achávamos que era esse o nosso dever, e também porque, lá no fundo, sentíamos culpa por não estarmos em Pequim, lutando ao lado dos nossos companheiros. Chegamos ao ponto de propor uma greve de fome também, mas a adesão foi pequena. Todo mundo queria ir para Pequim.

Eu estava falando a verdade quando lhe disse que não queria abandoná-la, mas tive de vir por causa do Vovô. Ah, como seria bom se você tivesse vindo comigo...

As coisas não têm sido fáceis para mim aqui, já que não estudo numa universidade de Pequim. Não consegui entrar na Praça da Paz, nem participar dos bloqueios antitanques nos subúrbios da cidade. Tentei entrar em contato com meus velhos amigos da escola, que agora estudam na Universidade de Pequim, mas não encontrei nenhum deles. Todos estavam nas ruas.

Hoje ficamos sabendo que alguns soldados foram vistos no centro da cidade, mas só um pelotão. Vovô agora não me deixa sair à noite. Ao entardecer tem feito muito calor. Depois do jantar, nossos vizinhos aparecem para papear ou dar uma volta nas ruelazinhas do bairro. Todos estão preocupados com o que pode acontecer.

Também estou ansioso, embora não acredite em muitas das coisas que Vovô e nossos vizinhos têm dito. Por outro lado, fico me perguntando se a juventude que tivemos não nos deixou otimistas demais. Todos nós sabemos o que aconteceu na Revolução Cultural, a brutalidade da repressão. Meus pais foram mortos por ela. No entanto, negligenciamos a história. Esperamos demais. Sonhamos com nossa própria grandeza.

Mas, e se os estudantes vencerem? O que faremos? Será que somos capazes de comandar um país? De reconstruir a China? Somos um bando de garotos de 20 anos. Revolução é uma coisa, mas produção é outra.

Espero que você não fique decepcionada com meu pessimismo, tal como já disse uma vez. Lembro da sua impaciência quando discutimos o assunto. Você falou que eu estava criando dificuldades à toa. Que eu padecia da "síndrome do último ano da universidade" e que estava confundindo maturidade com descrença.

Você nunca teve dúvidas. Sempre acreditou na vida, no amor, e sobretudo na esperança. Para mim, estar a seu lado era como tomar um banho de sol: bastava sua companhia pra que eu pensasse em abandonar meus demônios interiores. Mas eles moram em mim, e sempre dão as caras durante a noite. Chego a tremer de medo, mas não sei por quê.

Queria muito que você estivesse aqui pra me dar coragem. O brilho dos seus olhos iluminaria até o mais obscuro dos meus pensamentos.

Sempre me lembro daquela noite que passamos juntos no seu quarto. Este é o lado bom das revoluções: as convenções ficam em segundo plano. As suas colegas de quarto tinham saído para participar de uma passeata qualquer. Decerto a noite estava estrelada, e o mundo fervia ao nosso redor, incêndios por todo lado, crises de fé. Mas nada disso importava.

Você sabe que te amo muito, não sabe? Vou continuar te amando até o fim dos meus dias.

> Vovô está roncando do outro lado do quarto, o rostinho enrugado tão sereno quanto o de uma criança. Muito em breve vou contar a ele sobre você, do plano de nos casarmos e ficarmos em Qingdao depois da formatura. Ele vai ficar arrasado. Mas não tem outro jeito: nosso lugar é junto do mar.
> Espero que os trens do correio estejam operando e que você receba esta carta. Não sei quando voltarei a vê-la, mas estou contando os dias, as horas, os minutos.
> Te amo,
> L.

Mei depôs a carta, perplexa. Kaili e o namorado haviam participado do movimento estudantil que ela, Mei, simplesmente acompanhara de longe, para grande arrependimento seu.

Agora ela sentia um elo com o casal. Percebia no próprio coração o mesmo entusiasmo. Eles pertenciam à mesma geração, tinham uma história em comum.

Mei sentiu-se especialmente próxima de L, talvez porque ele fosse de Pequim e tivesse mais ou menos a idade dela, ou talvez porque era dele aquela carta, aquela letra. Imaginava-o um rapaz pálido, com cabelos curtos e negros, olhos doces, sempre com um livro entre as mãos, quieto e pensativo. Mas corajoso também.

O que teria acontecido a ele? Que fim tivera aquele amor? Mei queria saber. Com mãos trêmulas, ela pegou a última carta para ler.

3 de junho de 1989

Querida Kaili,

Já é tarde, e a nossa hutong está silenciosa. Estou esperando Vovô dormir. Ele está deitado em sua cama a um metro de mim, na outra ponta do quarto, ainda inquieto. Mas a noite está mais fresca, e daqui a pouco ele pega no sono, pelo menos assim espero.

Queria escrever para você antes de sair.

Vovô me proibiu de sair à noite. Nossa casa não fica muito longe do centro. Se for de bicicleta, em meia hora chego na Praça da Paz ou na avenida Changan. É lá que milhares de meus contemporâneos estão fazendo história. Mas noite após noite eu fico aqui, rodeado de homens mais velhos, às vezes mulheres também, ouvindo eles falarem do passado.

Quero sair!

Durante o dia, não tem problema nenhum: posso ir aonde quiser. Todas as manhãs levanto cedo e vou para a hutong, aflito pra saber o que aconteceu na véspera, pra ver gente da minha idade.

A situação em Pequim agora está desesperadora. O medo paira no ar. Ônibus são queimados pra bloquear a passagem na Changan. Caminhões e carros formam muralhas nas ruas. Ninguém duvida mais que o Exército será convocado a qualquer instante. Os estudantes estão se preparando para o confronto. Só se fala de gás lacrimogêneo e balas de borracha.

Como foi que chegamos a esse ponto? Não sei. A cidade parece uma zona de conflito.

Converso com algumas pessoas na rua, sobretudo estudantes vindos do interior. Alguns estão hospedados com parentes, mas outros têm dormido nas ruas desde que chegaram. Ficam vagando pela periferia como folhas ao vento. Querem fazer sua parte. Sabem que estão vivendo um momento histórico. Como eles, estou sempre querendo saber o que está acontecendo, mas sem o mesmo fervor, a mesma ingenuidade.

Sei o que você vai dizer: que estou sendo pessimista outra vez. Pode ser. Mas será que os estudantes pensaram em tudo? Quando fizeram suas reivindicações, será que levaram em conta a exequibilidade delas? O que será que acharam quando fizeram aquela greve de fome na praça? Que o todo-poderoso Partido Comunista Chinês se renderia só porque um punhado de estudantes corria o risco de morrer?

Não estou falando como alguém que perdeu os pais num dos movimentos políticos de Mao, mas como um analista que procura ver os fatos com isenção. A vida nunca valeu muito para os chineses, não só na República Popular — milhões morreram durante o Grande Salto Adiante, e centenas de milhares durante a Revolução Cultural —, mas também na China Imperial.

Se tentarmos mudar o curso da história por meio do sangue, devemos estar preparados para nadar nele. Mas o caminho não está na morte nem no derramamento de sangue. Já tivemos o bastante de ambas as coisas.

Chego a sentir a morte ao meu redor, pairando no ar. Talvez a fumaça do inseticida esteja me deixando tonto. Ou talvez a noite, que está abafada, silenciosa demais. Fico com raiva porque estou com medo.

De repente me lembrei de outro episódio. Por volta da hora do almoço, sentados no meio-fio de uma rua qualquer, eu e um grupo de estudantes das províncias aventávamos aonde ir para encontrar um pouco de ação. A rua estava deserta, sem nenhum ônibus ou carro, apenas algumas bicicletas.

E foi de bicicleta que subitamente passou por nós um grupo de estudantes, mais ou menos uns dez. Um deles arrastava atrás de si uma bandeira do Instituto Espacial de Pequim. Alguns usavam uma faixa branca na cabeça, mas não dava para ler o que estava escrito nelas. Eles estavam indo para a Praça da Paz. Esmurravam o ar e gritavam palavras de ordem, coisas como "Lutar até o fim!".

Diante disso, ficamos mais animados. O sol estava quente, e o asfalto irradiava calor.

Assim que os estudantes dobraram uma esquina e sumiram, começamos a conversar sobre a morte. Uma garota do nosso grupo, de apenas 18 anos, disse que daria a própria vida se isso servisse para despertar pessoas como os pais dela para a realidade. Achava que nosso país estava adormecido. Como era possível, ela perguntou, que as pessoas se submetessem tão passivamente ao punho de ferro do Partido?

Eu já não aguentava mais ouvir aquilo, então fui embora.

Essa garota me fez lembrar de você. Fiquei pensando naquela noite na estação de Qingdao, em que nós e nossos colegas nos sentamos na linha pra impedir a passagem dos trens. Você fez questão de se sentar na primeira fila. Seus olhinhos brilhavam de inocência e empolgação.

Éramos mais ou menos umas cem pessoas, e passamos a noite inteira cantando: hinos revolucionários, velhas canções soviéticas e folclóricas, baladas, rocks de protesto. Tínhamos a sensação de que pertencíamos a uma casta divina, de que nossas vidas tinham um propósito maior. O medo era tanto que não conseguíamos ficar quietos por um minuto que fosse.

É o mesmo medo que povoa as ruas de Pequim, mas aqui ninguém canta. Ficamos mudos à sombra dos velhos palácios da cidade. E, nesse silêncio, por pouco não podemos ouvir a catástrofe que está por vir.

Por outro lado, procuramos ir contra esse medo. Quanto pior a situação, mais queremos lutar. Talvez na esperança de que o brio espante essa terrível sensação de morte iminente.

A tal garota de 18 anos, uma mocinha bochechuda, disse ainda que tragédia muito pior seria ficarmos de braços cruzados e não fazermos nada. Você acha que ela tem razão? Será que um dia ainda vamos nos arrepender de não ter lutado até o fim?

Hoje, mais cedo, as estações de rádio divulgaram advertências da prefeitura, pedindo aos cidadãos e estudantes que não saíssem às ruas. Naturalmente, quando falei que queria saber o que estava acontecendo, Vovô fincou o pé e não deixou que eu saísse de jeito nenhum. Para ele, não há dúvida nenhuma quanto ao que vai acontecer. O Exército, que já se reuniu nas imediações de Pequim, vai entrar na cidade.

A espiral do inseticida já se queimou por inteiro. Faz alguns minutos que Vovô não se mexe. Acho que enfim dormiu.

Vou esperar mais uns cinco minutinhos, só por segurança. Depois vou pegar minha bicicleta e pedalar até a Praça da

Paz, seguindo pela rua da Torre do Tambor. Já fiquei tempo demais em casa, por covardia ou resignação, sei lá. Preciso sair. É o único jeito de saber o que está havendo.

Penso naqueles estudantes que se deitaram diante dos tanques nas Montanhas do Ocidente e me comparo a eles. Falta-me algo que eles têm: determinação. Eles não ficam em dúvida, não hesitam. Chego a sentir inveja.

Agora que estamos distantes, penso em você mais do que nunca. Suas feições ficam passando na minha cabeça como se fossem um filme. Vejo seus olhos se iluminando e seu rosto brilhando com uma beleza tão límpida quanto o coração de uma criança. O que será que a deixa assim, tão luminosa? Não é só a juventude. É a paixão, a fé.

Parece errado pensar no amor quando a Morte ronda nas sombras. Toda essa conversa sobre ideais me deixou esgotado, mas a coragem ganha um novo alento quando penso em você. Eu te amo.

Na nossa hutong *tem um bordo muito antigo. Na infância eu costumava subir nos galhos mais altos desse bordo para ver o sol morrer do outro lado da Torre do Tambor. Segundo conta o Vovô, nos tempos imperiais, 24 tambores retumbavam ali pra marcar a hora e a troca das sentinelas noturnas. Talvez por isso eu sempre tenha achado que essa torre, de muros grossos e telhados que lembram asas de borboleta, tem poderes místicos.*

Do alto desse mesmo bordo eu também podia ver nossa hutong *inteira, as ruelas que se entrelaçavam feito um labirinto, feito as raízes de uma árvore centenária. Cada ano as raízes se estendiam um pouco mais. Novos moradores chegavam, jovens se casavam, bebês nasciam. De tempos em tempos, muros e casas se desmanchavam em ruínas, ou anexos eram construídos na medida em que permitia o espaço. Telhados eram consertados, pombais eram erguidos. Como uma criatura primitiva, muito feia, porém indestrutível, nossa hutong foi sobrevivendo ao tempo.*

Talvez também seja esse o meu fim. Espero que a vida, e não a morte, triunfe.

Agora preciso ir. Mas prometo dar notícias em breve.

Seu por toda a vida,

L

Mei deixou cair as páginas e se lembrou daquela noite na Praça da Paz Celestial. No condomínio residencial do Ministério, onde morava, ela ouvira o troar dos tanques do Exército na avenida Changan e correra à janela para ver o que estava acontecendo. Ela e a amiga com quem dividia o apartamento por pouco não haviam sido vítimas de uma bala perdida. O céu se iluminava com o fogo da artilharia. A poderosa máquina do Exército chinês havia entrado em ação para aniquilar os estudantes desarmados. Mei lembrava ter escrito a Ya-ping, o namorado que estudava em Chicago, para dizer que alguns de seus amigos haviam sido feridos ou se encontravam desaparecidos. Escrevera diversas cartas, sempre longas, sobre o que vira naquela noite e nos dias seguintes, sobre a culpa que sentira por não estar na praça também, sobre sua solidão. Tinha a impressão de que havia sido abandonada pelos amigos, da mesma forma que ela os abandonara num momento de necessidade. Culpava-se por não ter podido ajudar.

Mei jamais postou essas cartas, sabendo que seriam lidas pela máquina de vigilância do Estado. À época, Ya-ping também não escrevia. Mei supôs que ele temesse a mesma repressão, mas ao receber notícias alguns meses depois, soube que ele havia se apaixonado por outra mulher e não voltaria mais para a China.

De repente, sentiu uma enorme sede. Tonta, levantou-se e foi até a cozinha. Por muitos anos ela se perguntaria se os acontecimentos da Praça da Paz não teriam pesado na decisão dele.

Na geladeira encontrou apenas algumas latas de cerveja e uma garrafa de saquê. Então bebeu água da bica, e rezou para não acordar doente na manhã seguinte.

Já ia saindo do apartamento de Kaili quando ouviu um barulho do lado de fora. Ficou preocupada. E se alguém descobrisse sua presença ali? O que ela poderia fazer ou dizer em sua defesa? Parou onde estava e aguçou os ouvidos. Alguém falava alto no corredor. Uma briga entre vizinhos, ao que tudo indicava.

Percebendo que já era tarde, ela conferiu o relógio: quase 23 horas. Então respirou fundo e tentou organizar as ideias. Ficara transtornada com o que havia lido. O que teria acontecido a L? Teria voltado para os braços de Kaili ou morrido na praça? Mei queria saber mais sobre aquela Kaili que aparentemente ninguém conhecia.

Examinando alguns álbuns, ela se deparou com fotos promocionais ou tiradas em festas, mas nada "antigo", nenhum retrato de infância. A cada página que ia virando, ficava ainda mais decepcionada. Então deixou de lado os álbuns fotográficos e passou para os livros de recordações. Uma borboleta de papel havia sido anexada à primeira página de um deles. Ela havia sido feita com papel de arroz branco, quase transparente de tão fino. Estruturas de bambu, delgadas como fios de cabelo, davam sustentação às asas de desenhos dourados, pintados à mão. Quando a retirou para ver melhor, Mei chegou a pensar que a borboleta adejava as asas. E ficou surpresa quando viu, numa delas, um pequeno "L" inscrito em dourado.

14

Xiao Hua depôs o cesto ao lado do túmulo da mãe. Arrancou o mato que havia crescido ao redor e aplainou a terra. A pequena lápide não trazia nenhuma inscrição e já apresentava diversas fissuras produzidas pelo tempo. Do cesto, tirou duas tigelas, uma de pães cozidos no vapor e outra de maçãs, e as alojou diante da lápide.

— Vem, Segunda Raiz — disse ao irmão. — Vem fazer um *ketou* pra mamãe.

O rapaz se ajoelhou ao lado dela, e ambos se dobraram numa mesura.

— A colheita foi boa este ano, mamãe. Compramos até algumas ervas medicinais pro Ba. Ele disse que talvez até possamos guardar algum dinheiro pro Segunda Raiz, que já está na idade de se casar.

— N-n-n-n-não.

— Daqui a pouco você faz 18 anos. Já é hora de pensar no assunto. — Xiao Hua olhou com carinho para o irmão; depois voltou os olhos para a lápide e juntou as palmas das mãos para dizer: — Mamãe, este aqui é o Lin. O homem de quem venho lhe falando. Sem a ajuda dele, não teríamos conseguido colher tanto. Tivemos sorte, mãe. Obrigada por tomar conta de nós.

Os dois irmãos se levantaram, tiraram do cesto algumas notas de dinheiro-fantasia e as acenderam no chão. As chamas foram crescendo lentamente, exalando espirais de uma fumaça escura, até que se consumiram por inteiro, desmanchando-se em centelhas levadas pelo vento.

Isso feito, Lin se despediu.

— Ad-d-d-d-deus, meu irmão mais velho. — Segunda Raiz estendeu a mão, e Lin a apertou.

— Segunda Raiz — disse Lin —, você é inteligente. Não deixe ninguém dizer o contrário.

O garoto crispou os lábios e sacudiu a cabeça. Aparentemente queria dizer algo mais, mas as palavras não vieram. Ele apenas sorriu.

Xiao Hua entregou a Lin um pequeno pacote, embrulhado num pedaço de corte de tecido que ela havia comprado.

— Não abra agora — disse.

Mas Lin não lhe deu ouvidos. Desfez o embrulho e encontrou um par de sapatos de sola de palha, além de algum dinheiro dobrado num pequenino quadrado.

— Não posso aceitar. São as suas economias. — Não havia ali mais do que cinco ou seis notas, mas Lin sabia o que isso representava para a família Xue.

Xiao Hua empurrou o dinheiro de volta nas mãos dele. Já estava chorando.

— Agora vai! Anda, vai!

— Adeus — disse Lin. De algum modo sabia que eles jamais voltariam a se ver.

Ele se virou e, com passos incertos, foi descendo pela montanha. Em nenhum momento olhou para trás. Ao sopé, procurou pela estrada que o levaria de volta para casa.

PARTE II

PART II

15

Mei não dormira bem. Trechos das cartas de Lin invadiam-lhe os sonhos. Acordou um tanto perturbada e ficou na cama por um tempo, relembrando o passado.

Ela trabalhava no Ministério de Segurança Pública na primavera de 1989, que havia começado como qualquer outra primavera. Os salgueiros já verdejavam, e os lírios já despontavam nas margens dos rios. Depois de um longo e duro inverno, as famílias se dirigiam às Montanhas do Ocidente para o Festival da Flor do Pêssego.

No entanto, apesar do clima mais ameno e das magnólias tão lindas que pontilhavam de branco o pátio do Palácio de Verão do imperador, Mei se sentia inquieta. Esperava ansiosamente pelas cartas de Ya-ping, com quem namorava já há três anos. Ele tinha se mudado para os Estados Unidos no verão anterior, e as cartas chegavam com frequência cada vez menor.

O dia 15 de abril amanhecera quente. Mei se lembrava disso porque foi nesse dia que ela decidiu telefonar para Ya-ping. Fora até o Hotel da Amizade, um dos poucos lugares em Pequim onde era possível fazer uma ligação internacional, e gastara o salário de um mês inteiro na chamada. Sentada na cabine, desmanchara-se em lágrimas ao ouvir a voz do namorado. A pós-graduação revelara-se mais difícil que o previsto, e Ya-ping vinha tomando aulas adicionais de inglês. Apesar disso, prometera escrever em breve. "I love you", dissera antes de desligar.

Naquele mesmo 15 de abril, Hu Yaobang, ex-presidente do Partido Comunista, morrera de infarto. A notícia tomara a todos de surpresa. O ministério fervilharia de agentes ao longo dos dias seguintes. Já na reta final de seu ano de estágio, Mei vinha trabalhando duro, fazendo horas extras quase diariamente no gabinete do chefe de Relações Públicas. Seu patrão, que mais tarde a convidaria para o posto de assistente pessoal, já vinha falando de um belo futuro para ela no ministério.

Mas em seguida os problemas começaram. Muitos universitários queriam comparecer ao funeral de Hu Yaobang, tido por eles como uma espécie de protetor em razão da tolerância demonstrada com as manifestações estudantis durante seu governo. Por outro lado, Hu era a figura maior do partido dominante da China: as exéquias eram uma cerimônia de Estado, e os estudantes não haviam sido convidados.

A tensão pairava nos corredores do ministério. Circulava por toda parte a notícia de que os estudantes haviam se reunido para protestar diante do Grande Salão do Povo. As pessoas pulavam de sala em sala para saber ao certo o que estava acontecendo. Mei ouvira dizer que 20 mil estudantes ocupavam a Praça da Paz Celestial.

Terminado o expediente, fora para a casa de um jovem casal de colegas de trabalho, vizinhos seus. Os três se acomodaram diante da TV e ficaram ali, comendo o jantar comprado na cantina do próprio ministério, acompanhando os acontecimentos do dia.

Logo cedo pela manhã, 40 mil estudantes haviam se reunido na parte oeste da Praça da Paz. Sentados no chão, eles cantavam e bradavam palavras de ordem. Bandeiras vermelhas representavam quase todas as instituições de ensino superior de Pequim. No interior do Grande Salão do Povo, as exéquias prosseguiam como planejadas. Toda a cúpula do Partido estava presente.

O sol brilhava do lado de fora. De repente, em razão de um tumulto, um grupo de funcionários do governo emergiu de uma porta lateral do Grande Salão. Representantes do movimento estudantil foram ao encontro deles, levando consigo o abaixo-assinado de 10 mil signatários que eles pretendiam entregar ao governo. Em vão. Foram repreendidos e sumariamente rechaçados.

Pouco depois, outros três estudantes se destacaram da turba e escalaram os imponentes degraus de pedra do Grande Salão. Pararam no topo e ficaram de joelhos, erguendo o rolo que abrigava as petições e assinaturas.

Mei e seus amigos assistiam mudos às imagens na tela. Segundo o repórter, os três estudantes haviam demorado quarenta minutos na escadaria sem que ninguém aparecesse para receber o rolo.

Naquela noite, a cabeça pousada no travesseiro, Mei repassou mentalmente tudo que vira na TV: os rostos dos estudantes que lhe pareciam familiares, jovens como o seu, o sol rebrilhando no vermelho das bandeiras, os três rapazes ajoelhados na escadaria de pedra. Sentiu um peso no coração.

Dali a alguns dias, os estudantes deixaram as salas de aula e voltaram à Praça da Paz para exigir democracia e liberdade de expressão. Criaram uma federação de universitários e elegeram um comitê para dialogar com o governo. Muito em breve as fileiras foram engrossadas por trabalhadores, funcionários públicos, pais e avós.

Reuniões eram realizadas diariamente no ministério. Todos foram informados de que seriam testados dali em diante, de que o futuro de cada um dependeria da escolha feita: defender a causa do Partido e do Povo ou juntar-se aos anarquistas. "É nos períodos de crise que se revelam nossas verdadeiras convicções", bradara o ministro ao microfone.

Mas os pensamentos de Mei estavam nas ruas e na Praça da Paz. Ao imaginar os amigos marchando e gritando por liberdade, ela queria escapar dos muros altos do Ministério de Segurança Pública.

Certo dia ela foi a um café na região de Zhongguancun, encontrar-se com Hui, uma amiga dos tempos da universidade. Mei começara a trabalhar logo depois do bacharelado, mas Hui prosseguira nos estudos com um mestrado.

— Não faça isso — advertiu Hui, tomando uma água de coco em lata. — Por melhores que sejam as suas intenções, se você aderir ao movimento, será vista como uma representante do Ministério de Segurança Pública. É possível que alguns vejam nisso um ato de heroísmo, mas outros tantos vão suspeitar de infiltração. Você tem certeza de que tem vocação pra heroína? Eu seguramente não quero ser flagrada num escândalo de espionagem. Além disso, o movimento já tem adeptos suficientes. Mais um, menos um, não fará a menor diferença. — Ela arrematou em tom de brincadeira.

— Como assim?

— Mei, você é minha amiga. Quando me chamou pra este encontro, vim na mesma hora, mesmo estando muito ocupada. Cinquenta estudantes, quase todos com 18 ou 19 anos, estão fazendo greve de fome na praça. Portanto, vou ser muito direta: não creio que você seja talhada para o heroísmo. Mei, você gosta do isolamento. É bem provável que adoeça assim que se filiar a um movimento coletivo como o nosso.

— Você está dizendo que sou covarde?

— Claro que não! Só estou dizendo que essa não é sua vocação. Só de ter me procurado pra conversar em vez de sair às ruas com um cartaz dizendo que a polícia apoia os estudantes, você já deu provas de que estou certa. Você nunca vai se sentir à vontade num movimento de massa! Um dia ainda vai mostrar que é mais corajosa do que todos nós, mas vai fazer isso sozinha, à sua maneira.

Um caminhão apinhado de estudantes surgiu na rua. Uma bandeira vermelha tremulava no alto, resplandecendo com os quatro gloriosos caracteres da Universidade de Pequim: *Bei Jing De Xue*. Pedestres começaram a acenar e gritar manifestações de apoio; ciclistas tocaram suas buzinas.

Os olhos de Hui brilharam.

— Acho que dessa vez temos uma grande chance de vencer. Milhões de pessoas têm marchado todos os dias nas imediações da praça, em apoio aos grevistas. É possível que o país inteiro esteja mobilizado. Ontem, quando cheguei lá, tive a sensação de que aquela era mesmo a vontade do Povo. Para todo lado era um mar de rostos, faixas e bandeiras vermelhas. Certamente você sabe que a Central do Partido tem despachado um comunicado atrás do outro. Um deles dizia que os estudantes estão sendo manipulados por antirrevolucionários; outro convocava todos os membros do Partido a seguir estritamente as diretrizes do alto escalão. Sei disso porque temos nossas fontes. Meus pais estão apavorados. Viram todo o sangue que foi derramado na Revolução Cultural. Papai ainda tem as cicatrizes que adquiriu no campo de trabalhos forçados. Até hoje o joelho dele dói quando chove. Mas foi seu pai quem morreu na prisão.

Mei baixou os olhos e bebeu do café, já frio e amargo.

Mas Hui havia se enganado quanto a uma possível vitória dos estudantes. Bastou uma noite para que o Exército dissipasse a aglomeração na Praça da Paz. Milhares morreram ali mesmo ou foram levados para os hospitais próximos à avenida Changan. Pequim submeteu-se à lei marcial.

Dois dias depois, Mei tentou ir de bicicleta ao centro da cidade. Ao contrário do habitual, o lugar se encontrava deserto e silencioso: nenhuma buzina de bicicleta, nenhuma criança berrando. Tinha-se a impressão de que as cores haviam sumido também. As ruas se achavam imundas com os escombros da luta: veículos queimados, tijolos despedaçados, manchas escuras de sangue no chão. Não se viam mais as bandeiras vermelhas, tampouco o rosto esperançoso dos jovens de faixa branca na cabeça. Buracos de bala salpicavam as fachadas dos prédios residenciais. Soldados, armados de fuzis semiautomáticos, policiavam os cruzamentos.

Mei foi parada numa dessas barreiras e, na avenida à sua frente, viu um grande comboio de caminhões militares, canos de fuzis projetando-se das janelas. Sentiu os ossos arrepiarem de tanto medo. Não conseguiu chegar a seu destino, pois todo o centro havia sido interditado.

Em poucos dias, quase todos os líderes estudantis foram presos e condenados a longuíssimas penas. Os "agitadores" e as "ovelhas negras" foram executados. Mei esperava pelas cartas de Ya-ping, que nunca chegavam.

Voltando ao presente, despertada por um ruído no aquecedor ao lado da cama, Mei enfim se levantou. Vestiu um suéter de lã grossa sobre os pijamas e foi até a janela. Os telhados de Pequim se esparramavam sob o céu encoberto.

O Exército havia entrado na cidade e aberto fogo contra os estudantes no dia 4 de junho de 1989. Nove anos já haviam se passado, e desde então a Praça da Paz vinha sendo fechada ao público nessa mesma data, mas sem nenhuma menção por parte do governo aos acontecimentos da epoca. Ninguém tocava no assunto. Era como se um baú tivesse sido enterrado bem fundo, e a chave, jogada fora. Vez ou outra, no entanto, por um motivo qualquer, Mei revivia as emoções daquele tempo como se tudo tivesse acontecido na véspera. Dessa vez foram as cartas de L.

Mei preparou um café e, xícara em punho, foi se sentar no sofá. Vasculhara o apartamento de Kaili em busca de respostas, mas saíra de lá com mais perguntas ainda. Não sabia dizer se de alguma forma essas perguntas a ajudariam a encontrar a cantora desaparecida. No entanto, sentia-se esperançosa. Descobrira uma verdade que, por mais ínfima ou distante que fosse, seguramente conduziria a outras. Na mesinha a sua frente, ela recolheu a borboleta de papel que jazia ao lado das cartas de L e mais uma vez ficou maravilhada com a beleza do artefato, perguntando-se que significado ele poderia ter.

O caminho até o escritório foi estressante. Tão logo saiu do anel rodoviário, Mei se viu presa num engarrafamento de muitos quilômetros. Ciclistas ultrapassavam os carros e caminhões parados, muitas vezes batendo uns nos outros. Ônibus exalavam sujeira e fumaça preta contra a neve. As portas das lojas ainda estavam fechadas, mas as vitrines exibiam cartazes espalhafatosos para tentar os pedestres.

Quando enfim entrou com o carro no estacionamento, Mei se deparou com o velho carvalho coberto de neve. A árvore lembrava uma elaborada escultura, como se alguém tivesse modelado seus galhos com alvíssimo açúcar, um monumento à renovação. Mei desligou o motor e olhou para a última janela do primeiro andar do prédio, embaciada pelo gelo. Cogitou se Gupin já havia chegado.

À porta, bicicletas travadas por correntes se amontoavam umas contra as outras. Um homem baixo se achava ao lado delas, embrulhado num casaco de inverno e um chapéu de aviador, com abas laterais. De tão encolhido, dava a impressão de que recolhera os braços para dentro do corpo. Aqui e ali, em busca de calor, ele pisoteava o chão e soprava vapor entre as mãos enluvadas. Mei fitou-o de relance a caminho da portaria. Dois olhos pequenos e brilhantes rapidamente a encararam de volta.

Ela entrou no prédio.

— Suba com a sua água quente! — gritou o zelador.

A porta dele se encontrava entreaberta. Mei pôde vê-lo sentado junto à janela, as pernas plantadas na mesa à sua frente, os olhos voltados para a paisagem externa. O velho ouvia a programação da Ópera de Pequim num rádio antiquado, cantarolando junto, fora do tom, e balançando a cabeça.

De repente ele deu um tapa na própria coxa. No rádio, um cantor alcançara uma nota muito aguda, prolongando-a até perder o fôlego. Como se traçasse a ascensão da nota, o zelador ergueu a mão direita, trêmula, na direção do teto.

Mei pegou a garrafa térmica e gritou:

— Obrigada!

O velho sequer se virou; apenas acenou para mostrar que tinha ouvido.

Mei encontrou sua sala exatamente do mesmo modo que a havia deixado. Nenhum sinal de Gupin. Na antessala, o computador desligado era um solitário lembrete de que ali trabalhava um assistente. Nenhum recado na secretária eletrônica.

Dali a pouco alguém bateu à porta muito de leve, quase timidamente. Bateu de novo uns trinta segundos depois.

Mei abriu a porta e se deparou com o homem baixo que vira à entrada do prédio. Ele ainda estava de chapéu, mas agora empertigava o tronco. Iluminado pela luz que vazava da porta, exibia um rosto jovem, de expressão quase maliciosa.

— Você é Wang Mei? — ele perguntou com um forte sotaque.

— Pois não?

— Sou amigo do Gupin. As pessoas me chamam de Pequena Montanha.

— Sinto muito, mas o Gupin não está — disse Mei, ainda com a mão na maçaneta.

— Eu sei. Por isso vim até aqui. Ele sofreu um acidente ontem e foi hospitalizado.

— Nesse caso, entre.

Pequena Montanha entrou na sala, tirou o chapéu e amassou-o entre os dedos.

— Onde ele está? Em que hospital? — quis saber Mei, aflita.

— Agora já está em casa. Não pôde ficar no hospital. Nós não temos assistência médica.

Claro, pensou Mei. Os imigrantes que trabalhavam em Pequim não tinham esse tipo de benefício.

— Como ele está?

— Sofreu alguns cortes e quebrou uma perna.

— Por favor, sente-se — disse Mei, puxando uma cadeira.

— Não, obrigado. Vim pedir sua ajuda. Gupin não está bem. Está com febre. Por acaso a senhora conhece algum médico que possa examiná-lo em casa? Podemos pagar. Dinheiro vivo.

— Um médico? — Mei pensou em Lu, que decerto tinha os melhores contatos na cidade. — Espere um pouco. — Foi até sua mesa e pegou o telefone.

— Ah, é você! — exclamou Lu do outro lado da linha. Ela estava no camarim preparando-se para seu show. — Achei que era o incompetente daquele corretor outra vez. Estou tentando comprar alguns apartamentos. Como investimento, sabe? O preço dos imóveis está subindo, mas os aluguéis também estão.

Mei contou o que havia acontecido a Gupin.

— Claro — disse Lu. — Conheço vários médicos e cirurgiões. Mas não creio que nenhum deles se disponha a sair de casa pra atender um imigrante, sobretudo nesse tempo. Será que seu assistente não consegue um médico por conta própria? Aposto que ele está se aproveitando de você. O problema não é seu. Nunca gostei da ideia de você contratar um imigrante. Claro que você teria problemas com ele.

— Preciso ajudá-lo. Ele é meu assistente. — Gupin também era um amigo; Mei jamais o abandonaria naquela situação.

— Talvez seja um bom momento pra colocar alguém no lugar dele. Escuta, minha irmã, você é mole demais. Não tem a obrigação de cuidar do Gupin. Ele é só um empregado.

Mei desligou, decepcionada com a irmã. Sentou-se à mesa e, refletindo um instante, lembrou-se de Ding, um amigo de infância. Achou que talvez ele pudesse ajudar. Ding era médico, mas abandonara o trabalho no hospital dois anos antes para ganhar mais dinheiro com a venda de equipamentos médicos. Na opinião de Mei, tratava-se de um grande desperdício o fato de que um médico egresso de uma das melhores universidades de Pequim ganhasse a vida como vendedor ambulante.

Novamente ela passou a mão no telefone e ligou. Ding e a mulher eram seus vizinhos de prédio, onde cada andar dispunha de um telefone comunitário.

Para surpresa de Mei, foi ele quem atendeu.

— Você não está viajando? — ela perguntou.

— O governo está apertando o cerco de novo. — Ding não parecia nem um pouco preocupado com quem pudesse estar ouvindo. Os vizinhos decerto já haviam saído para o trabalho. — Você sabe como é nesta época do ano, com o Festival e tudo mais... Eles gostam de mostrar serviço. Os hospitais são obrigados a andar na linha, a comprar tudo de que precisam na Secretaria de Equipamentos Médicos.

— Quer dizer então que você não está ocupado?

— Não, não estou. Só volto a trabalhar daqui a um mês, quando as coisas já tiverem voltado ao normal.

— Por acaso você pode ajudar um amigo meu? Gupin, meu assistente, se machucou num acidente de trânsito. É do interior e não tem assistência médica em Pequim. Mas pode pagar, talvez não muito.

— Dinheiro não é problema. Onde ele está?

Mei ficou constrangida por não saber a resposta. Virou-se para Pequena Montanha e perguntou:

— Onde mora o Gupin?

— Na Vila Pátio Sul.

— Onde fica isso?

— Perto de Sete Árvores.

— Ding, você sabe onde fica Sete Árvores?

— Sei, mas vou demorar pra chegar até lá. Não há ônibus que me leve direto para aqueles lados.

— Então vá de táxi. Eu pago. Diga ao motorista pra ir até a Vila Pátio Sul. Encontro você por lá.

Eles desligaram.

— Onde fica Sete Árvores? — perguntou Mei, vestindo o casaco.

— Perto de Meia-Loja — respondeu Pequena Montanha.

— Você pode me levar até lá?

— Acho que sim.

16

Pequena Montanha não era exatamente um bom navegador. Não sabia o nome das ruas e precisava se orientar por monumentos e outras referências geográficas que já tinha visto do ônibus. Eles se perderam algumas vezes, mas por fim chegaram a Sete Árvores. Mei seguiu pela rua principal e a certa altura dobrou uma curva fechada, que a conduziu a uma estradinha rural. Em ambos os lados dessa estrada, campos soterrados pela neve se estendiam por muitos quilômetros como se fossem regiões desoladas. O pequeno Mitsubishi vermelho de Mei pelejava com o gelo sob as rodas, ameaçando morrer a qualquer instante. Através do para-brisa, ela divisava o contorno vago de um vilarejo.

Pequena Montanha tagarelava sem parar.

— Minha mulher trabalha num restaurante. Eles têm um telefone lá. Alguém do hospital ligou pra ela, acho que uma enfermeira. Geralmente o chefe dela não deixa ninguém sair mais cedo, mesmo quando o movimento está fraco, mas ele anda bonzinho com ela, porque a gente ficou em

Pequim pra trabalhar durante o festival. Eles precisam de ajuda nesta época do ano. É muito dinheiro que entra. Nós temos um filho, sabe? De um ano. Ele está com os avós. Assim que crescer um pouquinho, vai conosco pra Pequim. Não queremos voltar pra casa. A vida é boa por aqui.

— Como estava o Gupin quando chegou ao hospital? — perguntou Mei, ansiosa para se inteirar de tudo.

— Primeiro, minha mulher veio me procurar. Perguntei ao capataz se eu podia tirar o resto do dia de folga, mas ele disse que não, que todo mundo já tinha chegado atrasado. Claro que todo mundo chegou atrasado: tinha uma tempestade de neve! Ele disse que não estava pagando ninguém pra chegar atrasado, que a obra não podia esperar por ninguém. O mão de vaca! Faz meses que a gente não recebe o salário! Ele ficou lá berrando quando saí, dizendo que eu não precisava voltar. Cachorro! Mas eu não tenho medo dele. A maioria dos imigrantes volta pra casa nesta época do ano. Está chovendo trabalho na cidade. É só chegar nos postos de recrutamento que a gente logo encontra alguma coisa.

— Mas como é que estava o Gupin quando você o encontrou?

— Quando eu e minha mulher chegamos lá, ele estava num leito da ala de emergência, todo enfaixado. Eles tinham feito uma operação e engessado a perna dele. O médico disse que não podia levar ele para um quarto, mas que ia medicá-lo. Deu uns analgésicos pra ele tomar. Um irmão meu trabalha perto do hospital; pedi a ele que me emprestasse um carrinho de transporte, e foi nele que a gente levou o Gupin pra casa. Estava nevando muito. Pedalei por 12,5 quilômetros até a Vila Pátio Sul. No caminho, minha mulher falou que queria preparar um caldo de galinha pro Gupin. Mas naquela nevasca, onde é que a gente ia achar uma galinha?

    Por fim eles alcançaram o vilarejo. Mei estacionou o carro próximo a uma ponte de madeira, e eles desceram. A temperatura havia caído ainda mais; o vento chegava a gelar os ossos. Eles atravessaram a ponte, fazendo ranger as tábuas. Uma camada de neve encobria o riacho enregelado.

    — Gupin é como um irmão pra mim — disse Pequena Montanha. — No último inverno, quando me feri no trabalho, ele me ajudou com as despesas médicas e cuidou da minha família. Tem um coração de ouro, aquele ali — arrematou, sacudindo a cabeça com vigor.

    Uma ruela de aproximadamente dois metros de largura coleava através de um amontoado de casas decrépitas. As paredes se encontravam rachadas, e buracos na massa revelavam tijolos apodrecidos. No chão, restos de lixo se escondiam sob camadas de um gelo amarelado. Mei e Pequena Montanha passaram por uma árvore sem folhas, e depois pelo lavatório público.

    Um velho emergiu de um dos quintais, tossindo, os cabelos grisalhos e finos lambidos pelo vento. Atrás dele, um portãozinho de madeira rangeu até se fechar; cobria-se de panfletos alertando sobre os perigos das "doenças sexuais".

— Pronto, chegamos — disse Pequena Montanha, reabrindo o portão.

Mei seguiu na esteira dele. Assim que pisou no quintal, ficou receosa. Viu Pequena Montanha desaparecer no interior de uma casa cinzenta, pouco maior que as outras que dividiam o mesmo quintal, de janelas lacradas e cobertas com folhas de jornal.

Ela não sabia o que fazer. Diariamente lia sobre sequestros e assaltos em lugares como aquele. Teve a impressão de que as fachadas antigas, erguidas em tempos imperiais, se fechavam ao seu redor.

A porta se abriu novamente, e Pequena Montanha ressurgiu para convidá-la a entrar. Mei respirou fundo. Já havia chegado até ali; agora bastava dar os passos finais.

O cômodo recendia à fumaça que vinha de um forno a carvão. Gupin deitava-se à cama, apoiado em dois travesseiros. O rosto desfigurado por cortes, hematomas e grandes curativos. Uma das mãos se encontrava enfaixada. As pernas se escondiam sob um cobertor, uma delas visivelmente mais volumosa que a outra.

— Pequena Montanha não devia ter trazido você até aqui — ele disse. Embora sorrisse, não conseguia disfarçar o mal-estar: os olhos se achavam opacos, o rosto febril.

— Fui eu que quis vir. Como está se sentindo? — Mei se aproximou e sentou na beirada da cama. — Pequena Montanha me contou a história toda. Um médico, amigo meu, está vindo pra te examinar.

Ela passeou os olhos pelo cômodo, mobiliado com simplicidade. Um jarro d'água ladeava a porta, e uma cabaça equilibrada no bojo fazia as vezes de concha. Contra a parede, um armário exibia cobertas enroladas e caixas de papelão. Um varal corria no alto, desenhando um triângulo desde o forno até a cama de Gupin; duas toalhas de mão secavam ali. Ao lado do forno, uma pilha de carvão.

— É muita sujeira — disse Gupin, ofegante.

Pequena Montanha o interrompeu para dizer que estava saindo, mas que voltaria logo.

— Por que você mora aqui? — perguntou Mei, intrigada.

— Pago você razoavelmente bem. Você poderia alugar um quarto, talvez até um apartamento, na cidade.

Gupin voltou os olhos para a janela suja e um buraco na parede que havia sido tapado com jornal.

— Aqui é barato. Quanto mais economizo, mais dinheiro posso mandar pra minha mãe. Ela ficou paralítica, e está sempre precisando de dinheiro. Toda vez que um médico a examina, é mais uma conta pra pagar. As ervas estão cada vez mais caras. Um dos médicos disse a meu irmão que existe um remédio importado, muito eficaz, mas muito caro também. Agora que trabalho na cidade, minha cunhada quer contratar alguém pra tomar conta da mamãe. — Gupin sorriu. — Você deve estar horrorizada com esta casa, mas estou bem aqui. Venho de um lugar muito mais pobre que este. Além disso, passo a maior parte do tempo no escritório. — Ele umedeceu os lábios com a língua. — Muitos imigrantes moram aqui, famílias com crianças. Pequena Montanha e a mulher moram logo aqui ao lado. São meus conterrâneos. Sempre que um de nós volta pra casa, pode levar recados ou pacotes daquele que ficou pra trás. Estamos sempre nos ajudando.

Pequena Montanha voltou com uma tigela fumegante. Disse algo para Gupin no dialeto deles; em seguida, depôs a tigela no parapeito da janela para esfriar, abriu um sorriso e disse a Mei:

— Caldo de galinha. Minha mulher que fez. E o médico, quando é que vem?

— Não deve demorar.

— Vou esperar por ele na ponte.

— Mas você não o conhece! Como vai saber quem é?

— Está vindo de táxi. É só perguntar. — Ele saiu novamente.

— A culpa foi minha. Uma burrice. — Gupin se recostou nos travesseiros e exalou um suspiro. — Eu estava perto demais dos carros. O asfalto estava escorregadio, e a neve caía forte. Eu devia ter ido de ônibus em vez de bicicleta, mas não queria chegar atrasado. Sei que você quer resolver o caso do garoto que morreu no hospital antes que eu vá pra casa. — Ele olhou para a perna quebrada. — Bem, agora não posso mais viajar. Uma pena. Não vejo mamãe faz um ano, e a gente sempre passou o Festival da Primavera juntos.

— Talvez possamos fazer companhia um para o outro. Minha irmã vai levar mamãe para o Canadá. Agora, tome um pouco de caldo. — Mei ajeitou os travesseiros e ajudou Gupin a se sentar. Viu que ele havia sofrido com o movimento, a testa se empapara de suor. — Quer tomar um analgésico?

Gupin fez que não com a cabeça.

— Não é tal mal assim — disse.

Mei pescou uma colherada de caldo, soprou delicadamente para esfriá-lo e levou a colher à boca de Gupin. Eles se entreolharam por um fugidio instante. E depois dessa primeira colherada, falaram a um só tempo: Gupin querendo saber sobre o caso do garoto, Mei perguntando sobre a vizinhança.

— Ah, todo tipo de gente mora por aqui — ele disse. — Duas irmãs que trabalham num salão de beleza...

— Não fiz muita coisa depois que você preparou os arquivos. Peguei um caso novo, uma pop star...

Eles riram.

— Uma pop star! — exclamou Gupin. — Alguém que eu conheça?

— Já ouviu falar de uma cantora chamada Kaili?

— Aquela que canta o tema de *Cavaleiros do paraíso*?

— Essa mesma. Estou impressionada — disse Mei, curvando os lábios num pequeno sorriso. Enquanto servia mais caldo ao amigo, foi contando a ele o que já havia descoberto. Gupin ouviu perplexo. — Eu estava convencida, sobretudo depois de ter encontrado tantas bebidas, comprimidos e cigarros no apartamento dela, de que Kaili era uma diva que levava uma vida maluca. Mas mudei de ideia assim que li as cartas de L. Tem alguma coisa aí. Quero descobrir mais sobre esse rapaz. Talvez seja um artista. Se você pudesse ver a borboleta de papel que ele fez... Uma obra de arte. Nunca vi nada igual. — Mei suspirou. — Mas acho que ela já o esqueceu. Fazia tempo que ninguém tocava naquelas cartas.

— Você acha que esse L tem alguma coisa a ver com o sumiço dela?

— Não. Mas talvez seja a pessoa certa pra me dizer quem é a verdadeira Kaili. Espero que isso me ajude a encontrá-la.

— Eu queria muito ajudar — disse Gupin assim que terminou com o caldo.

— Procure ficar bom — disse Mei. — É assim que você pode ajudar.

A porta se abriu, e Pequena Montanha entrou com o médico. Ding era um ano mais novo que Mei, gorducho, com um rosto redondo e de aspecto bondoso. Acreditava que havia se enganado ao escolher o caminho da medicina. Sua grande paixão era a eletrônica, tal como ele havia descoberto com a chegada dos computadores na China. Agora passava todo o tempo livre consertando computadores, rádios e aparelhos de TV.

— Muito obrigada por ter vindo. — Mei se levantou para receber o amigo.

Ding retirou os óculos e usou os dedos para limpar o vapor que encobrira as lentes. Colocou-os novamente e disse:

— Vamos dar uma olhada no rapaz.

Ele examinou Gupin, perguntando sobre o acidente. Gupin contou que havia sido atropelado por um carro enquanto pedalava no trânsito; fora levado ao hospital por alguns pedestres e sofrera uma cirurgia na perna quebrada. Pequena Montanha o interrompia aqui e ali para dar sua própria versão dos fatos.

Ding pediu a Gupin que desabotoasse a camisa; queria auscultar o peito dele.

Mei saiu ao quintal. Próximo ao portão, alguém acabara de jogar algumas cabeças de repolho podre sobre o lixo enregelado. Mei lembrou-se de sua infância. Tinha 7 ou 8 anos quando, em razão de algum problema no trabalho da mãe, a família teve de se mudar mais uma vez, para uma casa não muito diferente da de Gupin. Nessa casa, ela e a mãe costumavam sentar-se à soleira da porta para fazer bolinhas com pó de carvão e água, sempre tirando sangue das mãos rachadas.

Enquanto faziam as bolinhas, elas falavam sobre a nova moradia. A mãe dizia ser uma sorte que elas tivessem um forno para aquecer a casa, mas alertava Mei e Lu para ficar longe dele, por medo de que elas se queimassem. Também conversavam sobre a nova escola de Mei, onde havia um forno igualzinho ao de casa. Mei, no entanto, jamais contara à mãe sobre as cinzas que sujavam sua carteira, tampouco sobre as surras que levava dos colegas camponeses. Sempre que perguntava pelo pai, querendo saber quando ele voltaria do campo de trabalhos forçados, recebia como resposta um "Muito em breve, eu espero", acompanhado de um sorriso.

Mas ele nunca voltou.

Esperando ali, na neve do quintal, Mei subitamente se viu tomada pela raiva. Ao longo de vinte anos ela havia amado e reconfortado a mãe pela perda sofrida. Mas depois descobrira a traição dela, a denúncia que resultara na prisão e morte do próprio marido. Durante todo esse tempo ela havia escondido a verdade das filhas.

Mas também havia amado e protegido essas mesmas filhas. Mei lembrava-se das dificuldades de sua infância, da determinação com que a mãe procurava superá-las em prol de suas meninas. Lembrava dos olhos da mãe, gentis, porém tristes, e de seu abraço, sempre firme demais. Talvez também tivesse sofrido e se arrependido do que fizera. Jamais se casara novamente. Devotara a vida inteira à criação das filhas do marido morto. Uma súbita lufada de vento fustigou o rosto e as mãos de Mei. Ela enterrou o chapéu na cabeça, ajustou o cachecol e voltou para a casa de Gupin.

Ding guardava seus instrumentos.

— Você precisa se cuidar. Terá de voltar ao hospital, caso haja alguma complicação — ele dizia a Gupin. E assim que viu Mei, acrescentou: — Vou ter de ir ao hospital onde trabalhava e pedir a um amigo a receita para os remédios.

— Levo você de carro.

— Muito obrigado, doutor — disse Gupin. — Quanto devo pela consulta?

— Não deve nada. — Ding abanou a mão displicentemente. — Pagará apenas pelos remédios.

Mei sorriu para o velho amigo. Quando ambos eram pequenos, Ding a ensinara a pegar camarões usando carne marinada em álcool como isca e uma velha sacola de compras como rede. Uma brincadeira que eles faziam todo verão às margens do canal da cidade.

Eles se despediram de Gupin. Pequena Montanha insistiu em acompanhá-los até a saída do vilarejo. Atravessando o labirinto de ruelas, Mei perguntou pelos pais de Ding, ambos médicos aposentados.

— Mamãe está feliz. Três vezes na semana vai à sede da Associação de Camaradas Revolucionários Aposentados e toma aulas de dança de salão. Mas papai ainda não se acostumou. Tem falado com os velhos colegas de sua unidade de trabalho, oferecendo-se para ajudar em certos casos. Acha que sua experiência pode ser valiosa.

— E eles vão pagar por isso?

— Algumas pessoas enriquecem dando consultoria depois que se aposentam, mas papai não liga pra dinheiro. Não aguenta mais ficar em casa, só isso. Não sabe cozinhar, nem lavar roupa, nem fazer compras no mercado. Leva mamãe à loucura por causa do mau humor.

Mei sorriu.

— Adoro sua mãe. É tão doce... Nunca a vi perder a cabeça.

— Basta falar da minha irmã, que foi morar com o namorado e deixou mamãe furiosa. Papai, então? Nem fala mais com ela.

— O tal namorado alemão?

— Esse mesmo.

— Eles vão se casar?

— Agora você falou que nem a mamãe. Ninguém sabe se eles vão se casar ou não. Aliás, isso não faz a menor diferença, pelo menos nos dias de hoje. Já tentei explicar aos meus pais, um milhão de vezes, que nos tempos modernos as coisas são assim.

— E o que eles dizem?

— Papai simplesmente não ouve. Já lidou com todo tipo de acidentes, epidemias, desastres naturais... Mas não consegue aceitar que a filha solteira divida o mesmo teto com um homem.

— Sobretudo um estrangeiro. Talvez seu pai ainda veja os estrangeiros como inimigos...

— Como foi que adivinhou?

— Você está brincando!

— Papai não brinca nunca.

Logo eles alcançaram a ponte de madeira e se despediram de Pequena Montanha. A silhueta da cidade avultava ao longe, com seus majestosos arranha-céus e modernos prédios de apartamento, coroados por uma nuvem de poluição.

17

Mei deixou Ding no hospital onde ele trabalhara no passado, fez um retorno e já ia seguindo seu caminho quando o celular tocou.

— Encontraram ela — disse o Sr. Peng, consternado.

— Quem encontrou?

— Recebi um telefonema da polícia. Mandei Manyu para identificar o corpo.

Mei engoliu a seco.

— O corpo? Onde?

— Numa fábrica abandonada em Dashanzi. Manyu não tem nenhuma experiência com a polícia. Será que você pode ir até lá e impedir que ela diga alguma besteira? — perguntou o Sr. Peng. — Quero ser informado de tudo o que descobrir. — E desligou.

Mei largou o celular e acelerou.

Dashanzi, ou Grande Montanha, era uma área plana confinada pelo rio do Cavalo Resplandecente e a autoestrada do aeroporto. No passado fora o distrito industrial de Pequim, repleto de fábricas de componentes elétricos, de propriedade do Estado. Muitas já haviam fechado ou mudado para as províncias. As unidades residenciais, que abrigavam milhares de trabalhadores e suas famílias, agora se encontravam vazias. A economia local havia entrado em colapso. Os desempregados — ou "os jovens à espera de trabalho", tal como o Partido dizia — vagavam pelas ruas em busca de encrenca. Muitos motoristas de táxi se recusavam a ir para aqueles lados, mesmo à luz do dia.

Em Dashanzi, Mei seguiu por uma rua de aspecto movimentado. Postes tortos sustentavam um emaranhado de fios e cabos elétricos. Cabanas improvisadas estorvavam as calçadas. Um solitário prédio de quatro andares pontuava uma das ruas; na fachada, o caractere *Chai* ("a ser demolido") havia sido pintado em branco. Ciclistas passavam aqui e ali. Alguns pedestres perambulavam com sacolas de compra em punho.

Mei parou diante de um posto policial, mas não havia ninguém para atendê-la. Olhando a seu redor, viu uma senhora de idade avançada sair cambaleando de um beco e perguntou a ela como chegar à delegacia de Dashanzi.

— Por que você quer saber? — retrucou a mulher, apoiada numa bengala.

Mei logo constatou que se tratava de uma daquelas velhinhas que queriam saber de tudo. Tentando aparentar paciência, ela abriu um sorriso e disse:

— Tenho um compromisso por lá.

— Que tipo de compromisso? — quis saber a velha, rilhando os poucos dentes que ainda tinha na boca.

— Oficial.

— Se é um compromisso oficial, como é que você não sabe onde fica a delegacia?

— Afinal, a senhora sabe ou não sabe onde ela fica?

— Claro que sei. Morei aqui a vida inteira. Fica pra lá.

Mei teve a impressão de que ela apontara para algum lugar.

— Naquela rua ali? A quantos metros, mais ou menos?

— Para lá! — repetiu a velha com impaciência, e retomou seu caminho.

Mei não encontrou nenhuma delegacia no local indicado pela mulher. Circulou de carro durante um tempo, depois desceu novamente. O vento soprava terrivelmente frio. Em ambos os lados da rua não se via mais que lugares sombrios. Um grupo de rapazes passou por Mei, chapinhando na neve e fitando a forasteira de modo provocativo. Mei desviou o olhar. Dali a dez minutos, deparou-se com uma dupla de pai e filho. O pai informou que a delegacia havia mudado de endereço oito anos antes; aproximando-se do meio-fio, apontou para um entroncamento e disse:

— Vá nesta direção, vire à direita e atravesse uma pontezinha. Então verá a delegacia.

No entanto, Mei só a encontrou depois de chegar ao fim de uma rua onde um poste de sinalização, ao lado de uma poça congelada, dizia: "Delegacia Policial". Estacionou o carro e seguiu por uma trilha na neve. Passou por duas lojas pequenas e por fim alcançou seu destino. No prédio da delegacia, uma placa junto à porta da esquerda informava: "Licenças residenciais"; outra, junto à da direita, dizia: "Atendimento público". Para evitar a fila enorme diante dessa última, foi para o setor de licenças. Deparou-se com três policiais organizando panfletos. A um deles, explicou o motivo de sua presença ali e perguntou para onde devia se dirigir.

— Volte e entre pelo portão lateral — foi informada.

Mei contornou o prédio e parou estupefata diante do que viu. Um grandioso arco dava acesso a um pátio aberto, tão amplo que se conjugava a outros três, cobertos. Cem anos antes, ela supôs, o local teria pertencido a um abastado senhor de terras, ou até mesmo a uma autoridade judicial de menor escalão. Sob o arco pendiam dois estandartes vermelhos: um deles dizia "A serviço do Povo", e o outro, "É glorioso sermos a Polícia do Povo". Abaixo desses dizeres viam-se fotografias de todos os funcionários da delegacia, em ordem hierárquica. Os vinte rostos exibiam o mesmo sorriso escancarado.

Um policial saiu de um dos pátios cobertos, sacudindo entre as mãos um par de algemas. Parou Mei assim que ela atravessou o arco.

— Quem a senhorita está procurando? — Ele usava um grande casaco acolchoado, mas nenhum quepe.

— A Srta. Manyu, da gravadora Guanghua Records. Veio até aqui para identificar um corpo.

O policial jogou o peso do corpo de uma perna para outra. Olhando com desconfiança para Mei, disse:

— Que corpo?

Mei chegou a pensar que o Sr. Peng havia se enganado de delegacia.

— Uma cantora famosa — respondeu.

Assustado, o policial jogou as algemas de uma mão para outra e, sem tirar os olhos de Mei, chamou um companheiro próximo para perguntar:

— Por acaso tem alguém de uma gravadora aqui?

— Está na sala de visitantes com os Gêmeos — respondeu o outro.

O policial cuspiu no chão e disse a Mei:

— Pode entrar.

Mei atravessou o pátio e, passando por um caminho estreito, alcançou um dos pátios contíguos. Lembrou-se do tempo em que trabalhava no Ministério de Segurança Pública. Diversas vezes já havia acompanhado o chefe a delegacias distritais, mas nunca a uma como aquela. Invariavelmente eles eram ciceroneados pelo delegado em pessoa e um séquito de oficiais graduados e depois tomavam chá na melhor sala.

Como as coisas haviam mudado, pensou Mei. Agora ela era uma cidadã comum, de modo que até mesmo o policial mais reles podia tratá-la como se fosse um tigre.

A sala de visitantes ficava no interior do pátio. A porta de estilo antigo era de treliça, os espaços revestidos por um finíssimo papel de arroz. Mei bateu de leve na delicada estrutura.

Uma voz masculina mandou que ela entrasse.

Abrindo a porta, Mei deparou-se com Manyu sentada num sofá, apertando uma xícara de chá como se dela tirasse o calor necessário para viver. Dois policiais uniformizados encontravam-se presentes, sentados em uma mesa no canto. Um deles cutucava os dentes com um palito. O outro vinha falando com Manyu, mas parou assim que viu Mei. Levantou-se para recebê-la e foi logo dizendo:

— Srta. Wang, eu suponho. A Srta. Manyu nos disse que você viria. Sou o oficial Li.

Mei apertou a mão estendida por Li. O segundo policial guardou o palito no bolso e ficou de pé, apresentando-se como Gao. Mei cumprimentou-o também.

Lado a lado, os dois policiais pareciam irmãos gêmeos. Ambos tinham 20 e poucos anos, eram baixos e tinham um rosto redondo de expressão animada. Mei deduziu que eles eram recém-saídos da academia de polícia.

— Acabamos de voltar da identificação do corpo — informou Li. — Infelizmente a Srta. Manyu ficou um pouco abalada.

Mei se virou para olhar. Manyu encarava com olhos mortiços a mesinha à sua frente.

— Vai ficar bem daqui a pouco — prosseguiu Li.

— Já vimos isto antes — interveio Gao. — As pessoas comuns ficam assim quando veem um corpo. Não há nada que a gente possa fazer. Elas precisam de tempo pra se recuperar.

Li gesticulou para que Mei se sentasse à mesa.

— Nossos instrutores na academia já tinham alertado pra esse tipo de situação — disse. — O trauma atinge as pessoas de maneiras diferentes.

— Ela estava bem, até que viu o corpo — disse Gao como se quisesse tranquilizar Mei.

— E o corpo, onde está? — perguntou Mei. — Posso ver também?

— No hospital.

— Mas precisamos perguntar aos nossos superiores.

— Vocês já sabem qual foi o motivo da morte?

— Não. Mas achamos que foi assassinato. Tinha muito sangue, não tinha? — Os Gêmeos se entreolharam e sacudiram a cabeça afirmativamente.

— Vocês foram os primeiros a chegar na cena do crime?

— Fomos. Trabalhamos nesta vizinhança. Sempre que algo acontece, saímos pra descobrir o que houve.

— Mas agora o pessoal do Departamento de Homicídios assumiu o caso.

— Então foi mesmo assassinato — disse Mei.

— Claro que foi. Senão ela não estaria daquele jeito, naquela fábrica abandonada. Assim que a vi, fiquei achando que já tinha visto aquele rosto em algum lugar. Foi ou não foi, Gao? Pensei, pensei, pensei... Depois lembrei. As pessoas falam que a TV faz mal, que as revistas são uma porcaria. Mas que outro jeito a gente tem pra se informar sobre a nova sociedade? Estou certo ou estou errado, Gao? Bem, foi isso: reconhecemos a vítima na mesma hora. — Claramente orgulhoso de sua proeza, Li refestelou-se na cadeira e estirou as pernas.

— Mas como foi que ela chegou lá? — pensou Mei em voz alta.

— Sequestro — respondeu Gao com convicção. — Hoje em dia ninguém está seguro. As gangues não param de chegar das províncias. São bandidos, *tufei*. Era de se esperar que essas gangues não existissem mais, que tivessem sido extintas pelo Partido Comunista na guerra civil de cinquenta anos atrás, mas elas estão de volta. Por acaso a senhorita já ouviu falar da gangue de Dongbei? Matam sem pensar duas vezes. Também tem a gangue do rio Yang-tse. Um pessoal perigoso. Uma moça feito a Kaili entra num táxi e... pimba! Dali a pouco está trancada num cativeiro qualquer. E se a família não pagar o resgate... aí é morte certa!

O Sr. Peng não havia mencionado um resgate, pensou Mei.

Li abanou a mão para calar o companheiro.

— Agora basta! — Ele olhou para Mei. — O pessoal de Homicídios quer falar com a senhorita.

Mei se perguntou o que Manyu já havia dito a eles.

— O detetive Zhao acha que você tem informações que podem levar ao assassino. — Li lançou um maldisfarçado sorriso de sarcasmo para Gao, e Mei suspeitou que eles não gostavam nem um pouco do tal detetive. — Precisamos informar da sua chegada. — Ambos ficaram de pé e saíram.

Mei foi sentar-se ao lado de Manyu, que começou a falar espontaneamente.

— O Sr. Peng mandou me chamar. Falou que a polícia tinha telefonado, que eles tinham encontrado um corpo em Dashanzi e achavam que era a Kaili. Pediu que eu viesse fazer a identificação.

— E como foi? — perguntou Mei.

Manyu virou-se para ela, os olhos querendo chorar.

— Não é justo. Ela era tão linda... Mas naquele lugar... com os cabelos empapados de sangue, o rosto cinzento e congelado... Ah, foi terrível! — Manyu estremeceu. — Fiquei pensando no sofrimento e no horror que ela teve de enfrentar nos últimos minutos de vida. Tentei evitar, mas não consegui. E quando penso no ódio que eu tinha dela... Por quê? Por causa de bobagens, coisas sem nenhuma importância. Ela era uma pessoa difícil, dava os seus chiliques, mas eu morria de ciúmes. Invejava tudo que ela tinha: a beleza, o dinheiro, a fama, os homens que se jogavam aos pés dela... Desculpe, mas menti pra você. Eu não estava na porta do camarim naquela noite. Fui ver alguns amigos. Não me importava com o que ela pudesse querer. Meus pais sempre disseram que eu devia ser gentil com as pessoas, mas falhei com eles. Disse coisas horríveis a respeito da Kaili. Vazei histórias sobre ela para a imprensa. Por vezes cheguei a desejar que algo terrível acontecesse com ela. — As lágrimas enfim transbordaram dos olhos. — E agora ela está morta, não há nada que eu possa fazer pra me redimir!

Mei tirou da bolsa um pacote de lenços de papel e entregou a Manyu. Não se julgava capaz de oferecer o tipo de consolo de que ela precisava. Em vez disso, pensou em L, nas cartas que encontrara no apartamento de Kaili, na borboleta de papel. Viu-se tomada por um sentimento de perda.

Dali a dez minutos, o detetive Zhao entrou na sala, um homem de aspecto desmazelado, alto e magro, aparentemente com seus 3o e poucos anos. Mal teve tempo de se apresentar antes de sucumbir a um acesso de tosse. Tirou do bolso um lenço xadrez e limpou a boca.

— Seja lá o que disseram os Gêmeos, é tudo mentira — falou, puxando uma cadeira e se acomodando diante do sofá. — Houve um tempo em que ter um cérebro era pré-requisito na academia de polícia, mas com os salários de hoje, ninguém quer se juntar à força. — Ele plantou os olhos em Mei. — Já conversei com a camarada Manyu, que cooperou bastante. Segundo fui informado, a senhorita foi contratada pelo Sr. Peng para encontrar a Kaili. Por quê?

— Razões comerciais.

— Tem certeza?

— Por que o senhor não pergunta ao Sr. Peng?

— Vou perguntar — devolveu o detetive.

— Isto é um interrogatório oficial?

— Estamos apenas conversando, não estamos?

— Mas houve um assassinato.

— Quem disse?

O detetive teve outro acesso de tosse. Mei e Manyu se entreolharam. Atrás delas o sol atravessava o papel de arroz da porta, projetando sombras amorfas no chão.

— Vejo que os Gêmeos andaram dizendo coisas — prosseguiu o detetive Zhao assim que parou de tossir. — Estão muito orgulhosos por terem reconhecido Kaili, se achando muito inteligentes. Mas são policiais de comunidade que nunca saem de sua jurisdição. Acreditam em tudo que diz o Comitê Revolucionário das Ruas e Hutongs... — Ele fez uma pausa. — Camarada Wang Mei — continuou —, já fomos apresentados antes, mas suponho que a senhorita não se lembre. Foi em 1990, no primeiro aniversário do Quatro de Junho. Houve uma cerimônia no Ministério de Segurança Pública, em homenagem ao bom desempenho da polícia na ocasião. Fui um dos agraciados com uma comenda. Alguém nos apresentou. Apertamos as mãos.

Mei lembrava-se da tal cerimônia, mas apenas de forma vaga. Afinal, muita água já havia rolado desde então. No seu período no Ministério, comparecera a um sem-número de eventos assim, todos enfadonhamente iguais.

— Lembro que estava na plateia — prosseguiu Zhao —, imaginando quem poderia ser a bela jovem sentada entre os chefões. Depois conversamos sobre a senhorita, ficamos muito impressionados com seu sucesso.

— Ah. — Mei deixou escapar um risinho breve, quase envergonhado, mas ficou lisonjeada. Lembrou-se dos bons tempos e do belo futuro que à época acreditava ter pela frente. Mas tudo não havia passado de uma ilusão, logo suplantada pela realidade.

Por outro lado, o detetive Zhao também era uma estrela na ocasião, mas agora trabalhava em uma pequena delegacia em Dashanzi. Por quê? Mei avaliou-o. O uniforme estava limpo, porém amarfanhado, e já fora lavado muitas vezes. As botas estavam gastas. O homem se achava pálido, sem falar naquela tosse... Decerto fora frustrado nas suas expectativas de futuro, exatamente como ela.

— É estranho que voltemos a nos encontrar nessas circunstâncias — arrematou Zhao. — Vejo que a senhorita não está mais no ministério, agora tem seu próprio negócio. Por acaso ficou rica?

— Não posso reclamar.

— Não pode mesmo! Aquele Mitsubishi vermelho lá fora é seu, não é?

Mei ficou se perguntando o que mais ele havia descoberto sobre ela.

— Quando foi que o Sr. Peng a contratou?

— Ontem.

O detetive riu e disse:

— Então ainda não foi muito longe.

— Não, não fui — disse Mei, já antecipando que Zhao chamasse a atenção para o fato de que as investigações particulares eram proibidas em Pequim. Nesse caso, ela teria de fincar o pé e negar. Como muitos investigadores, driblara a lei registrando sua empresa como um escritório de consultoria de informações.

Mas o detetive não disse nada.

— Posso ver o corpo? — ela perguntou.

— É muito tarde — disse Zhao, consultando o relógio. — Mas posso providenciar uma visita para amanhã. Afinal, somos velhos conhecidos. — Ele ficou de pé e sorriu com a segurança de um enxadrista que acabara de fazer uma jogada inteligente.

18

Mei habitava uma quitinete num *jumin xiaochun*, um condomínio residencial. Seu locador havia recebido o imóvel do governo 14 anos antes, mas jamais o havia ocupado, apesar da proximidade com o trabalho. Ele, a esposa e os dois filhos viviam na Zona Oeste da cidade, no apartamento de dois quartos designado à mulher pela unidade de trabalho dela. O apartamento de Mei permanecera vazio por muitos anos, e um dos anéis rodoviários de Pequim havia sido construído nas imediações. Com a liberação da propriedade imobiliária para todos, o tal locador comprara o lugar por uma quantia nominal, instalara um piso de vinil e o colocara para alugar. Como locatária, Mei sentia-se isolada de todos os vizinhos, que durante anos haviam trabalhado no mesmo lugar. Mas não se importava com isso: prezava sua privacidade. Naturalmente os vizinhos aproveitavam todas as oportunidades para espiar pela porta ou bisbilhotar suas conversas. Alguns, como a velha Sra. Yang, tinham o hábito de interpelar Mei na escada para saber detalhes da vida dela.

Mei estacionou o carro ao lado do prédio, a meio caminho da entrada. Um único poste de luz se encontrava aceso na rua. Como de hábito, um amontoado de bicicletas bloqueava a portaria. Mei abriu caminho entre elas e subiu as escadas. As paredes não haviam recebido uma única demão de tinta em 14 anos: achavam-se encardidas e pichadas. Cansada, Mei foi escalando os degraus lentamente. Estava no último lanço quando o *timer* desligou as luzes, e ela se viu obrigada a prosseguir no escuro. Chegando ao seu andar, jogou a bolsa no chão do corredor, novamente acendeu as luzes e destrancou a porta.

A quitinete estava insuportavelmente quente. A calefação central, controlada por uma única caldeira em todo o condomínio, trabalhava em seu limite máximo. Nenhum dos radiadores tinha termostato, portanto Mei não podia regular a temperatura. Ela entrou na sala e abriu a janela.

Em seguida se jogou no sofá e ligou para o celular do Sr. Peng.

— Aqui é a Mei. Acabei de chegar da delegacia de Dashanzi.

Mas o Sr. Peng a interrompeu.

— Não vamos falar sobre isso por telefone. Você pode vir me encontrar?

Mei ficou irritada. Ela havia acabado de chegar em casa.

— Acha que é mesmo necessário?

— Acho. Estou no meu clube. Venha jantar comigo. A comida aqui é ótima.

— Já jantei — disse Mei —, mas vou assim mesmo. Onde fica esse clube?

Espalhados por toda parte, holofotes iluminavam o complexo inteiro. Mei entrou no estacionamento, e um rapaz logo surgiu para conduzi-la a uma vaga. O Hot Bed Club havia sido inaugurado um ano antes, por um ator que ficara famoso interpretando heróis comunistas em épicos antinipônicos da Segunda Guerra. Ocupava vinte acres no distrito de Haidian e englobava diversas casas no estilo rústico do passado, cada uma delas contendo uma *kang*, ou cama quente, típica da região norte da China. Essas camas eram feitas de barro e no inverno podiam ser aquecidas por um fogareiro alojado debaixo delas.

Entre os associados se encontravam diversos políticos de alto escalão, bem como militares veteranos que haviam combatido os japoneses. Ao que tudo indicava, o clube os fazia lembrar os "velhos tempos".

Em razão dos muros altos que cercavam a propriedade, todos ficavam curiosos para saber o que se passava do outro lado. Os boatos corriam à larga, mas ninguém sabia ao certo se os figurões da política realmente levavam as *tea girls* para a cama, ou se era ali que o vice-prefeito costumava acertar suas propinas antes de ser preso. Da mesma forma, ninguém sabia se essas propinas de fato haviam sido pagas, ou se a prisão do vice-prefeito não passara de um ato de vingança.

Uma moça veio ao encontro de Mei para conduzi-la ao Sr. Peng. Embrulhada num *dajin* acolchoado e abotoado por nós de seda, ela carregava uma lanterna vermelha com a palavra *fu* (sorte) estampada. Depois de atravessarem um pátio coberto de neve, elas chegaram a uma casa adornada com duas lanternas grandes e vermelhas, além de um estandarte também com a palavra *fu*. A moça, muda ao longo de todo o caminho, abriu a porta e se dobrou numa mesura. Mei entrou, e sentiu a porta se fechar atrás dela.

A *kang* se estendia ao longo de toda a parede dos fundos. O Sr. Peng se encontrava sentado nela, de pernas cruzadas, a camisa desabotoada pela metade. Pratos de comida, um jarro de saquê e duas canecas jaziam numa mesinha baixa à sua frente. Uma *tea girl*, vestida à moda camponesa, ajoelhava-se diante da cama, examinando o fogareiro. Outra trabalhava diante de um pequeno fogão, esquentando comida, saquê e toalhas.

Do outro lado da mesinha encontrava-se a Srta. Pink, acomodada numa pilha de colchas de seda e almofadas bordadas. Usava um vestido cor-de-rosa decotado e trazia os cabelos presos num coque, com algumas mechas soltas junto ao pescoço. As bochechas se achavam coradas pelo álcool.

— Até que enfim! — exclamou o Sr. Peng, de olhos vermelhos. — Venha, sente-se aqui conosco.

Mei procurou por uma cadeira.

A Srta. Pink se levantou e foi sentar-se ao lado do patrão.

— Pegue o casaco da nossa convidada — ela disse à *tea girl* que ajustava o fogareiro sob a cama.

— Venha cá — insistiu o Sr. Peng. — A cama está quentinha.

Relutante, Mei sentou-se na beirada. Uma das *tea girls* se aproximou para tirar os sapatos dela.

— Não!

Assustada, a moça olhou para o Sr. Peng.

— Não seja tímida — ele disse.

— Não quero que ninguém tire meus sapatos — retrucou Mei, áspera. Imaginara encontrar o Sr. Peng consternado com a morte de Kaili, sozinho, sem a secretária. Ficou confusa, além de um tanto revoltada.

— Como quiser — disse o Sr. Peng, rindo. — Então, já determinaram a causa da morte?

— Não. Mas estão tratando o caso como assassinato.

— E o motivo do crime?

— Ainda é cedo pra dizer. O detetive Zhao, que está chefiando as investigações, acha estranho que o sumiço de Kaili não tenha sido comunicado à polícia.

— E você explicou meus motivos?

— Sim, mas ele disse que quer falar com o senhor.

— Falar comigo? — O Sr. Peng largou os fachis. — Um detetive de Dashanzi acha que vai me interrogar! Talvez até esteja pensando em me intimar para depor!

A Srta. Pink deu um risinho e serviu mais saquê ao patrão. Depois de um gole, ele balançou a cabeça e disse:

— Evidentemente ele não sabe com quem está tratando. Não saio por aí falando com qualquer um. Além disso, esses policiais da periferia são uns incompetentes. Atrapalham muito mais do que ajudam.

A Srta. Pink pediu mais comida e bebida a uma das moças. Mei teve a impressão de que ela já havia estado ali algumas vezes.

— Não tenho nada a esconder — prosseguiu o Sr. Peng, triturando um amendoim torrado entre os dentes. — Meu negócio com a Kaili era bastante claro. Puxa, quantas vezes fui aconselhado a não contratá-la... Mas finquei o pé, mesmo sabendo que ela gostava de brincar com fogo. — Ele olhou de relance para a secretária. — Acho que queria ajudá-la. Temia que ela tivesse um fim trágico, por isso dei a ela dinheiro, um carro e um apartamento. Para mantê-la longe das encrencas. Nós, os poderosos, muitas vezes achamos que somos deuses protetores.

— O senhor não precisa se culpar de nada — interveio a Srta. Pink. — Era generoso com a Kaili, mas nunca recebeu de volta o devido respeito.

— Dei tudo àquela mulher, fiz dela uma estrela. Mas isso não bastou. Ela queria sempre mais. Mais do quê? Isso eu não sei, talvez nem ela soubesse. — O Sr. Peng gesticulou para que renovassem o saquê. Sem ao menos olhar para Mei, disse: — Quanto lhe devo? Mande uma fatura com seus honorários.

— O senhor quer que eu interrompa a investigação? Mas a Kaili morreu... O senhor não quer saber por quê?

— Claro que sim. Mas tenho um negócio com o qual me preocupar. Um artista desaparecido é uma coisa, mas assassinato? Não podemos ser arrastados nessa lama. Quanto ao seu trabalho, Srta. Wang, não se preocupe. Kaili já foi encontrada, que descanse em paz. Você será paga integralmente. Daqui em diante, eu cuido do assunto por conta própria.

— Traga o casaco da nossa convidada — disse a Srta. Pink a uma das moças.

— Kaili não é mais responsabilidade sua. — O Sr. Peng abriu um sorriso. — Ah, já ia me esquecendo. Sua irmã e Lining estão aqui também. Passei por eles na entrada. Quer se encontrar com eles?

Mei ficou de pé, recebeu o casaco e o vestiu.

— Vou pedir a alguém que a acompanhe — disse o Sr. Peng. — Adeus.

Um caminho estriava a neve do pátio como uma longa e elegante pincelada de caligrafia. Escoltada por uma *tea girl* de lanterna em punho, Mei olhava para as casas iluminadas e imaginava o que se passava no interior delas. Outra lanterna vermelha atravessava a extremidade oposta do pátio.

Aquele clube era um santuário para os ricos e poderosos que tinham meios para reinventar a realidade, pensou Mei. Mas que tipo de realidade?

Aproximando-se de uma porta aberta, ela avistou Lu e o marido, que aparentemente recebiam empresários. Sentada na *kang*, sua linda irmã cercava-se de homens engravatados. Todos riam, e a certa altura Mei ouviu a voz de Li-ning. Algumas *tea girls*, recostadas sobre a *kang*, bebiam saquê com eles. Outras andavam de um lado a outro, servindo.

Mei parou pouco antes de entrar.

— Por favor, me leve de volta à portaria — disse à acompanhante. — Prefiro voltar para casa.

Ela deixou o Clube Kang e, já no limiar da cidade, pensou em Kaili e L, na injustiça e na culpa. Sabia que precisava continuar com aquele caso. Devia isso a Kaili e a L, bem como a todos os estudantes que haviam saído às ruas durante a fatídica primavera de 1989. Também devia isso a si mesma. Faltara-lhes à época, não repetiria o mesmo erro agora. Uma questão de justiça.

19

Logo cedo pela manhã, Mei voltou a Dashanzi. A neve refletia a luz do sol, ofuscando os motoristas, e nuvens finas cortavam o céu azul.

O detetive Zhao ocupava uma sala pequena no segundo pátio interno, aquecida por um fogareiro a carvão. Ele apertou a mão de Mei e convidou-a para se sentar.

— Chá ou água quente? — perguntou, colocando mais uma xícara sobre a mesa.

— O senhor tem *oolong*?

— Infelizmente, não.

— Água quente, então, por favor.

Zhao buscou uma garrafa térmica e serviu a água de Mei.

— Andei pensando — disse. — Você se formou numa universidade, trabalhou no ministério. Deve ser muito inteligente. Aqui não tem ninguém assim. Na verdade, aqui não tem ninguém, ponto final. Sou o Departamento de Homicídios, e assim mesmo só no papel. Dashanzi não é um lugar violento. Há muitos crimes, claro, mas nada além de pequenos furtos e brigas de rua. Também há muitos imigrantes por aqui. — Zhao tossiu, ainda mais violentamente que na véspera. Várias vezes já havia assoado o nariz. Esfregando as mãos, ele acrescentou: — Srta. Wang, há um complicador.

— O quê?

— Você trabalha para o Sr. Peng.

— Trabalhava — disse Mei, e deu um gole na água. — Fui dispensada ontem à noite. O Sr. Peng fez com que eu me abalasse até Haidian para dar a notícia pessoalmente.

— Então por que voltou aqui?

— Tenho meus motivos. Além disso, achei que o senhor gostaria de saber que o Sr. Peng não quer ver sua gravadora associada a um caso de assassinato. Vai fazer o possível para abafá-lo.

Zhao tossiu por quase um minuto.

— Nesse caso, é melhor irmos logo. — Ele vestiu o quepe e o casaco verde, depois abriu a porta, deixando o sol de inverno transbordar para o interior da sala. Mei saiu atrás dele.

Eles atravessaram o pátio e seguiram por uma passagem que levava ao pátio externo. Ali, sem bater, Zhao abriu a porta de uma sala e se deparou com os Gêmeos, que jogavam cartas.

— O que vocês ainda estão fazendo aqui? — disse. — Não mandei que vocês fossem investigar no Comitê das Ruas e Hutongs?

— Mandou, mas não falou quando — respondeu um deles.

— Ainda é cedo — emendou o outro.

Mei não sabia dizer quem era Li e quem era Gao. Quanto mais os observava, mais semelhanças encontrava.

— Vocês vão precisar de cada minuto. Como eu disse, vão ter de interrogar todo mundo, não só a presidente do comitê.

— Mas que tipo de informação o senhor quer?

— Quantas pessoas moram lá, quem são essas pessoas, se alguma delas viu algo suspeito nos últimos dias... sei lá! Botem a cabeça pra funcionar!

— Devo perguntar sobre a chantagem? Aposto que a chave do caso está aí — disse o homem que Mei supunha ser Li.

— Não. O mais provável é que tenha sido roubo — discordou Gao.

Zhao rilhou os dentes.

— Está bem, está bem, já estamos indo!

Sem nenhuma pressa, os Gêmeos vestiram seus casacos e saíram.

— E não parem no meio do caminho pra comer pão frito com leite de soja quente! — Zhao berrou ainda. Esperou que eles se afastassem e disse a Mei: — Esses dois não gostam de receber ordens minhas. São primos em segundo grau do diretor de Controle Habitacional; um dia ainda vão ocupar minha cadeira! Ora se vão! Por causa do Programa de Habilitação da Força Policial. Vai chegar um tempo em que todos os policiais terão um diploma de curso superior. Infelizmente nunca me formei. Ainda tinha um ano de academia pela frente quando o Quatro de Junho estourou. A situação ficou tão difícil que fomos convocados pra ajudar o Exército de Libertação Popular nas ruas. Depois veio a lei marcial.

Ao fim de uma ruela eles alcançaram alguns casebres bem rudimentares. Fios e cabos se estendiam desordenadamente entre um e outro. Uma tábua de aspecto novo, decerto roubada, projetava-se perigosamente de um dos telhados.

— Esta região abrigava muitas dessas construções — observou Zhao. — Quando a prefeitura decidiu reurbanizá-la, esse pessoal aí se recusou a sair, alegando que não queria se afastar ainda mais da cidade. Na verdade, o que eles queriam era mais dinheiro. Ainda vão se dar mal. Qualquer dia desses vão topar com uma escavadeira da prefeitura e ficar de mãos abanando na rua.

Eles ultrapassaram os casebres, dobraram uma esquina e seguiram por uma rua mais larga, de pequenos comércios.

— Espero que você não se importe — disse Zhao, marchando a passos largos, exalando vapor entre os lábios —, mas vamos a pé até o hospital.

Eles atravessaram uma porta com uma cruz vermelha estampada. O saguão do hospital era iluminado por um punhado de lâmpadas nuas. Uma longa fila se formava diante do guichê da farmácia.

O detetive Zhao foi subindo pelas escadas, e Mei precisou apertar o passo para alcançá-lo. Chegando ao primeiro andar, eles encontraram uma pequena multidão no corredor. Cercados de familiares e amigos, sentados ou recostados na parede, pacientes esperavam que seus nomes fossem chamados. Em dado momento uma porta se abriu, e muitos chisparam na direção dela, provocando um tumulto. Uns queriam saber quando chegaria sua vez; outros reclamavam que fulano de tal havia furado a fila.

O detetive Zhao forçou o caminho através da multidão. Ele se movia com tanta confiança que as pessoas paravam e olhavam para ele. Quando viam seu uniforme se acalmavam e tentavam sair de sua frente.

Mais adiante encontrava-se um conjunto de portas assinaladas com um aviso de "Acesso Restrito". Mei e o delegado passaram por elas, deixando para trás o zunzum do corredor. Zhao parou diante de outra porta, na qual se lia "Laboratório". Bateu e entrou sem esperar por uma resposta.

— Você chegou! — grasnou alguém do outro lado de uma fileira de tubos.

Um homem de jaleco veio ao encontro dos recém-chegados. Era baixo, de olhos redondos, cabelos muito curtos e sobrancelhas espessas que se juntavam acima do nariz. Parecia uns dez anos mais velho que Zhao.

— Lao Li, esta é a Camarada Wang Mei — apresentou o detetive, sem maiores formalidades, dando a impressão de que estava diante de um velho conhecido.

Lao Li secou as mãos e estendeu uma delas na direção de Mei.

— Bom-dia — disse. E sorrindo, virou-se para Zhao. — Vi sua mulher, minha Segunda Irmã, ontem no mercado. Ela me contou a boa notícia. Dois apartamentos novos, hein?

O detetive se aliviou do casaco.

— Dois ou um, ainda não sabemos direito. Você sabe como são essas coisas. Eles concordaram em dar à nossa delegacia duas unidades no Segundo Complexo para os Montadores de Rádio. Mas é bem possível que o filho ou o sobrinho de alguém apareça na última hora pra nos roubar uma delas.

— Faz anos que você está na fila de espera. Acha que vai conseguir dessa vez?

— Não sei. Tenho pontos suficientes por conta da idade e dos anos de trabalho, mas eles estão sempre mudando o sistema de pontuação.

— Segunda Irmã sempre quis um desses apartamentos modernos. Falou que o prédio já está quase pronto. Você já foi lá ver?

— Ela me arrastou algumas vezes. — Zhao sorriu com sarcasmo e assoou o nariz. Em seguida acrescentou: — A camarada Wang Mei veio ver o cadáver.

— Levo vocês daqui a um minuto — disse Lao Li —, mas antes quero lhe entregar uma coisa. — Ele foi até a escrivaninha e voltou com um pequeno saco plástico entre as mãos. — Isto aqui pertencia à morta — disse. — São duas tarraxas de brinco. Foram encontradas junto do corpo.

Zhao guardou o saco no bolso das calças.

Lao Li os conduziu a uma sala vizinha. As cortinas se encontravam fechadas, e o lugar estava muito frio, cheirando a alvejante. Em meio à penumbra, Mei discerniu uma pilha de caixas de remédio. Duas geladeiras industriais zumbiam por perto.

Lao Li abriu as cortinas. Um leito sobre rodas jazia próximo à janela. Sobre ele, um corpo coberto por um lençol branco.

— A camarada Wang Mei já viu cadáveres antes?

Ela fez que sim com a cabeça.

— Então sabe que, a despeito do que fomos em vida, homens ou mulheres, bonitos ou feios, ricos ou pobres, bons ou maus, todos nós ficamos iguaizinhos depois de mortos: uma casca vazia.

Lao Li descobriu o corpo pela metade.

O rosto de Kaili coloria-se de um branco azulado. Um corte atravessava uma das bochechas, desfigurando o nariz. Os lábios estavam roxos, e os cabelos pareciam colados ao crânio. Nenhum sinal da beleza de antes. Na verdade, era difícil imaginar que um dia houvera vida naquela casca.

— E a causa da morte? — perguntou Zhao.

Lao Li ergueu a cabeça de Kaili, virou-a para o lado e partiu os cabelos para revelar um corte profundo.

— E a arma, o que pode ter sido? — disse Zhao.

— Algo fino, porém sem lâmina.

— Uma barra de metal, talvez?

— Pode ser. Pelo que vejo, faz três dias que ela morreu.

Zhao puxou pela memória e disse:

— Então foi no dia da nevasca...

Com os olhos fixos no cadáver, Mei não sabia dizer o que era mais real: a cantora viva e linda que ela vira apenas em vídeo, ou aquele corpo estendido no leito à sua frente.

Meia hora depois, Mei e Zhao já estavam de volta à rua. Nuvens delicadas navegavam pelo céu.

— Está pronta pra almoçar? — perguntou o detetive.

Mei fez que não com a cabeça. Não conseguiria pensar em comida tão cedo depois daquela visita ao hospital.

— Pois eu estou faminto. Levantei muito cedo hoje. Além disso, como os Gêmeos sempre demoram uma eternidade pra colher informações, vou levá-la a um lugar que conheço.

O restaurante se chamava Pavilhão dos Ventos Orientais; ficava ao lado de um pequeno hotel. Assim que eles entraram, um homem gorducho, de queixo duplo, abriu um sorriso e se apressou para cumprimentá-los.

— Bem-vindos, camaradas! — Com um olho em Mei, ele apertou a mão do detetive. — Que belo dia, hein? Será que o bom tempo vai durar até o Festival?

— O Sr. Liang é o gerente do lugar — Zhao disse a Mei, mas sem apresentá-la.

O Sr. Liang apertou a mão dela assim mesmo.

— Apenas duas pessoas para almoçar? — perguntou.

— Sim — disse Zhao, e seguiu na direção dos fundos.

— Na saleta de trás, por favor — disse rapidamente o Sr. Liang, correndo na esteira do detetive. — Ouvi falar do grande caso — falou baixinho.

Zhao franziu as sobrancelhas.

— Que caso?

— O assassinato, claro! — respondeu o Sr. Liang, dramaticamente. — O camarada Li e o camarada Gao passaram por aqui mais cedo, pra comprar pão frito e leite de soja quente. O assassinato da cantora! Fiquei estarrecido! — ele exclamou, espremendo os olhos. — Vejo que o senhor também está gripado. Faz algumas semanas que meu cunhado está péssimo. Ah, esse maldito inverno... Já foram cinco tempestades até agora. Daqui a pouco todo mundo vai estar doente. — O Sr. Liang se adiantou em alguns passos para abrir a porta de uma saleta privada, pequena e sem janelas. O carpete claro exibia algumas manchas grandes. Uma ampla mesa redonda e dez cadeiras de espaldar alto ocupavam quase todo o espaço.

Zhao sentou-se e novamente assoou o nariz.

O Sr. Liang sorriu, os dois queixos esticando-se num só.

— O senhor está com sorte, detetive! Hoje temos pé de porco. Está uma delícia!

— Gosta de pé de porco? — Zhao perguntou a Mei, tateando os bolsos em busca do maço de cigarros.

— Pé de porco? — exclamou Mei. — Achei que ninguém comesse isso mais. Na minha infância, era o prato predileto da mamãe.

— Durante a Revolução Cultural — disse o Sr. Liang, radiante —, pé de porco era uma iguaria. Qualquer tipo de carne era dificílimo de encontrar. Hoje, pra todo lado que se olha tem um restaurante novo de comida cantonesa, só de frutos do mar. As pessoas competem pra ver quem gasta mais dinheiro num prato de peixe, às vezes milhares de iuanes só porque o peixe foi importado da Austrália. Aqui, não. Temos uma cozinha simples, mas honesta. Pé de porco, só aqui.

Zhao encontrou os cigarros no bolso das calças.

— Vocês têm pé de porco só porque todo mundo nessa parte da cidade é pobre. — Ele prendeu um cigarro entre os lábios e esperou que o Sr. Liang o acendesse; em seguida disse a Mei: — Gostamos muito daqui. A comida é boa, sem firulas. Quando dou plantão à noite, sempre trago meu pessoal pra beliscar alguma coisa. O proprietário é um ex-operário. Faz tempo que somos fregueses.

Mei logo percebeu que tipo de restaurante era aquele: um lugar em que a polícia podia comer de graça. Em troca, o proprietário era informado de antemão sobre as inspeções sanitárias.

— Sr. Liang, que mais contaram os Gêmeos? — perguntou Zhao.

— Contaram que o senhor "convenceu" o pessoal do Segundo Complexo para os Montadores de Rádio a lhe ceder dois apartamentos do novo conjunto habitacional deles. Parece que vão mudar o sistema de pontuação para outro, baseado no mérito profissional.

— O que eles disseram sobre o caso, Sr. Liang?

— Apenas que foi um assalto. Falaram que nunca houve um caso tão importante como esse em Dashanzi e que a polícia distrital vai mandar alguém pra investigar.

Zhao bufou e disse:

— Estamos com certa pressa, Sr. Liang. O senhor nos faria a gentileza de apressar as coisas na cozinha?

— Claro, imediatamente. — Ele fez uma mesura e saiu.

Zhao deu um trago no cigarro e soprou a fumaça, que subiu ao teto e se dissipou.

— Os Gêmeos estão loucos pra que venha alguém da delegacia distrital. Não estão nem um pouco preocupados com a solução do caso. De qualquer modo, não teriam nenhuma contribuição a dar. Só querem impressionar algum figurão da polícia e ganhar uma promoção. — Ele fez uma pausa e cuspiu. — Aqueles dois não prestam pra nada, muito embora não sejam completamente burros. Mas não vou deixar ninguém tomar as rédeas deste caso. Minha estrada já é longa, e já esperei demais.

Pelo quê, ele não disse. Talvez estivesse falando do apartamento novo, pensou Mei, ou de uma possível promoção. Talvez das duas coisas.

O celular de Mei tocou na bolsa. Era Manyu.

— Estou ligando de um telefone público — ela disse. — Será que podemos nos encontrar? Tenho algo a lhe dizer.

— Quer que eu vá buscá-la depois do trabalho?

— Não. Prefiro encontrá-la em algum lugar.

Mei refletiu um instante.

— Conhece um restaurante de comida sichuanesa chamado Flor de Soja? Fica perto da sua casa, em Xidan. Passei por ele ontem.

— Conheço, sim. Já estive lá com meus pais. Às seis e meia, pode ser?

— Por mim está ótimo.

Elas desligaram.

— Você é *mesmo* rica! — brincou o detetive Zhao. — Tem carro e celular! Será que tem um apartamento também? O setor privado deve estar pagando muito bem. Só espero que você não esteja dando uma de detetive particular. Claro que não está. Sabe que é ilegal, não sabe?

Mei apertou as pálpebras.

— Claro que sei.

Zhao sorriu. Queria deixar bem claro que estava a par de tudo, mas não faria nada para prejudicá-la desde que eles cooperassem um com o outro. Depois de apagar o cigarro no cinzeiro, falou:

— Minha mulher vive dizendo que eu devia parar de fumar, mas não consigo resistir. Os cigarros parecem gritar no meu bolso sempre que me sento em algum lugar ou estou entediado. Talvez você também faça coisas reprováveis só porque não consegue evitar.

Zhao lançou um olhar significativo na direção de Mei, e ela cogitou o que poderia estar passando na cabeça dele. De que "coisas reprováveis" ele estaria falando? Da agência ilegal ou do caso de Kaili? Com a maior naturalidade possível, ela disse:

— Acho que todos fazemos, não?

Mas o detetive não se deu por satisfeito.

— Sua agência se chama Lótus Consultoria de Informações. Gosto de fazer meu dever de casa. Claramente as coisas vão bem por lá. Você ficou rica. Mas não a invejo. Às vezes, confesso, é difícil ver amigos ou colegas comprando carros ou jantando em restaurantes sofisticados. Minha mulher está sempre me aporrinhando pra enriquecer como fulano ou beltrano, ou pra conseguir uma promoção. Azar dela, porque não ligo pra dinheiro. Ricos e pobres, pra mim são todos iguais.

Mei percebeu que ele tentava dizer, de maneira oblíqua, que era um policial honesto e confiável.

— Kaili era rica e famosa — disse. — Você colheria muitos frutos se resolvesse o caso dela.

— Estou investigando porque esse é meu dever. E também porque preciso conseguir o tal apartamento pra minha mulher. — Zhao acendeu mais um cigarro. — Mas temos de proceder com cautela. São muitos os budas que temos de reverenciar. As coisas podem complicar se não tomarmos cuidado.

— Nós?

— Você quer solucionar este caso tanto quanto eu, embora eu não entenda por quê. Não vai ganhar nenhum dinheiro com isso, vai?

— Gosto de um desafio — disse Mei.

Zhao encarou-a, mas ela não se achava nem um pouco disposta a explicar a proximidade que agora sentia por Kaili. Os acontecimentos da Praça da Paz haviam afetado a vida de ambas, destruindo amores e esperanças.

— Você vai me contar tudo que sabe sobre Kaili, não vai? — disse Zhao. — Se não trabalharmos juntos, não chegaremos a lugar nenhum.

A porta se abriu, e o Sr. Liang entrou seguido de um cortejo de quatro garçonetes. Nas bandejas, cozido de pé de porco, frios diversos, legumes fritos, saquê e chá.

20

Naquela tarde, Mei e Zhao se apressaram até à Fábrica 958. No caminho, o detetive repreendeu um homem que vendia fogos de artifício na calçada por não ter licença.

— Não quero ver você aqui quando voltar — advertiu.

O ambulante sabia que estava num dia de sorte. Num dia normal seria levado para a delegacia, receberia uma multa e teria sua mercadoria confiscada.

— Faltam poucos pra vender, senhor. Daqui a pouco eu me mando.

Ao fim da rua eles dobraram para leste. Um caminho coberto de neve serpenteava à margem de campos abertos. Algumas pessoas seguiam por ele, empurrando bicicletas. Uma carroça havia deixado suas marcas na neve. Nos campos, corvos esperançosos bicavam o chão à cata de comida.

Mei e Zhao seguiam chapinhando enquanto o detetive explicava a história daquela região.

— A fábrica fazia rádios antigos, de gabinete de madeira, lembra? Eram pesados e quebravam a toda hora. Pegavam pouquíssimas estações. Hoje em dia todo mundo tem rádios japoneses, tão pequenos que dá até pra guardar no bolso. Com a política de "Reforma e Porta Aberta", a Fábrica 958 passou a fazer peças pra esses modelos antigos, mas isso também não deu certo. A certa altura eles começaram a falar de modernização, pensaram fazer uma *joint-venture* com um sócio estrangeiro qualquer, mas aí já era tarde demais. As províncias de Guangdong e Zhejiang tinham muitas dessas fábricas de peças de rádio. Então a 958 acabou fechando. Como a terra e as edificações eram do governo, tanto a cidade quanto o distrito reclamaram a posse delas. Enquanto eles brigavam entre si, o sobrinho do diretor do Departamento de Controle Habitacional do distrito começou a alugar quartos para os trabalhadores imigrantes. Falou que tinha permissão do tio pra fazê-lo. Pouco depois outra pessoa apareceu com uma licença do Bureau de Reforma Habitacional de Pequim pra fazer a mesma coisa. Embora a licença dela tivesse mais poder de fogo que a do primeiro, as autoridades estavam mais distantes. O diretor do Departamento de Controle Habitacional do distrito é primo em segundo grau do nosso chefe, mas, na qualidade de policiais, não podemos ignorar as ordens que vêm de cima. Uma grande confusão, essa história toda. Agora, com o assassinato, todo mundo vai ficar sabendo de tudo.

Eles passaram por alguns arvoredos desfolhados, um conjunto de galpões, e depois por quatro ou cinco prédios menores. O detetive apontou para eles.

— Ali eram as oficinas, mas agora está tudo vazio. O corpo foi encontrado numa delas.

Eles passaram por um velho bicicletário, cujo teto havia parcialmente desabado, e pararam diante de um prédio de três andares com vidraças grandes, quase todas quebradas. Na fachada, quatro dutos de ventilação lembravam garras gigantescas levantadas para o céu.

Mei avistou nas paredes dois slogans revolucionários escritos em um vermelho já desbotado: "Dedicação e horas extras em prol da Revolução" e "Trabalhe com afinco, produza além da quota".

À esquerda da entrada, uma escada conduzia aos andares superiores. Entre os dois primeiros lances um policial de braços cruzados e mãos enterradas nas mangas do casaco andava de um lado a outro.

— Onde estão os Gêmeos? — Zhao berrou para ele.

O policial descruzou os braços e endireitou o tronco.

— Não sei, senhor. Não os vi por aqui.

Zhao revirou os olhos e disse:

— Esta é a camarada Wang, vamos dar uma olhada na cena do crime.

— Sim, senhor — devolveu o policial, ainda empertigado.

Zhao foi subindo as escadas, seguido de Mei. Chegando ao patamar, eles viram manchas de sangue nos degraus e na parede.

— Era aqui que o corpo estava — disse o detetive.

Mei examinou o sangue.

— Podemos subir mais um pouco?

Zhao anuiu com a cabeça. A janela acima da escada se achava quebrada. Escalando os degraus enregelados, eles alcançaram o andar superior. Depararam-se com um corredor largo, porém escuro. Algumas portas haviam sido arrancadas, deixando à vista mais janelas quebradas, paredes pichadas e montículos de neve sobre o chão.

— As pessoas roubaram as portas pra vender ou aproveitar em casa — explicou Zhao. — O prédio está inabitável. Não tem eletricidade nem água. Nem as crianças gostam daqui, mas algumas vieram brincar quando começou a nevar. Foram elas que encontraram o corpo.

Mei entrou num dos cômodos, de teto muito alto. Das janelas ela avistou algumas construções decrépitas. Fiapos de fumaça escapavam de uma ou duas janelas.

— É lá que moram os imigrantes? — Mei apontou.

— Sim. São edificações da velha fábrica. Cada uma foi dividida em unidades menores, que abrigam uma família inteira, às vezes quatro ou cinco trabalhadores.

— Você falou com eles? — perguntou Mei.

— Tentei, mas sempre que me aproximava de alguém, de uma mulher lavando roupa na bica, por exemplo, eles corriam pra dentro de casa. Interroguei alguns dos homens, mas sempre que eu perguntava alguma coisa, eles diziam que não tinham visto nada. Morrem de medo da polícia, claro. Todos são residentes ilegais em Pequim, portanto os filhos não podem ir para a escola e ficam por aí, zanzando em gangues pelas ruas. Às vezes roubam. E agora alguém morreu. Naturalmente, estão apavorados.

— Você acha que eles têm alguma coisa a ver com o assassinato? Que motivo teriam pra matar Kaili?

— Os Gêmeos acham que foi um assalto malsucedido. Eu adoraria discordar deles, mas não consigo pensar em outra hipótese. Tudo indica que foi mesmo um assalto. Manyu disse que, na noite do show, Kaili estava usando dois anéis grandes, um relógio e um par de brincos. Mas só isto aqui foi encontrado. — Zhao tirou do bolso o saquinho que Lai Li lhe dera.

— Posso ver?

Zhao entregou o saquinho a Mei.

Ela se aproximou da janela, retirou a tarraxa de um dos brincos e examinou-a de perto.

— Mas que motivo eles teriam pra matá-la?

— Talvez tenham ficado irritados quando descobriram que as joias eram de vidro. Talvez ela tenha reagido.

— Não creio que Kaili colocaria a própria vida em risco só por causa de um par de brincos. Tinha um milhão deles. Aliás, os brincos não eram de vidro. Eram Cartier. Está escrito nas tarraxas.

— Cartier? O que é isso?

— Uma famosa marca francesa de joias. Caríssima.

— Então foi mesmo assalto.

— Não, não foi.

— Mas você acabou de dizer que ela estava usando joias caras!

— Sim, mas alguém as retirou depois que Kaili já havia morrido. No caso de assalto, ela teria entregado as joias por conta própria, e a polícia não teria encontrado as tarraxas.

Zhao assoou o nariz. Eles permaneceram calados por um tempo. Dali a pouco, ouviram vozes vindas do andar de baixo. Mei devolveu o saquinho ao detetive, e eles voltaram à escada. Os Gêmeos vinham subindo a seu encontro.

— Onde foi que vocês se meteram? — rugiu Zhao.

— Leva tempo pra fazer uma boa investigação — explicou um deles.

— E o que foi que descobriram?

— Foram os filhos de alguns imigrantes que encontraram o corpo — disse o outro, ofegante. — Eles passam o dia inteiro rondando o prédio da fábrica, procurando encrenca.

— Mas vocês não descobriram nenhuma novidade?

— Duas mães viram o corpo. Contaram a um dos pais, que avisou o Comitê Revolucionário das Ruas e Hutongs.

— Também descobrimos por que o homem estava em casa naquela hora, em vez de no trabalho. Estava doente.

— Não, não é isso. Ele trabalha no turno da noite.

— Vocês falaram com ele ou com alguém da família? — perguntou Zhao.

— Não.

— Então falaram com quem?

— Com o pessoal do Comitê, claro.

— Mas eles não têm nada a ver com trabalhadores imigrantes.

— Estão sempre de olho neles. Sabem de tudo.

— Ah, sabem? — ironizou o detetive.

— Os imigrantes se recusam a falar com o Comitê — disse um dos Gêmeos. — Estão escondendo alguma coisa.

— Ou alguém — acrescentou o outro.

— Provavelmente estão com medo de se incriminar. — Zhao abanou a mão num gesto de impaciência. — Mas o que mais vocês descobriram no Comitê? As gangues têm criado algum problema ultimamente?

— Sempre tem gente chegando ou saindo da cidade. Os recém-chegados vão morar com os parentes, ou com ex-vizinhos de sua terra natal. Ninguém sabe exatamente quem mora onde. A situação está cada vez pior.

Ambos sacudiram a cabeça a título de ênfase.

— Daqui a alguns dias, a maior parte vai voltar pra casa, para o Festival da Primavera. Não vai dar pra interrogar mais ninguém — disse Zhao. — Quero que vocês encontrem esse pessoal que achou o corpo e levem até a delegacia. Aqui ninguém quis falar nada, mas lá eles vão abrir o bico, aposto.

— Hoje ainda?

— Hoje ainda. — Zhao foi descendo a escada. A certa altura, parou e se virou para trás. — Estão fazendo o quê aí parados? Andem! Depressa!

— Certo. — Os Gêmeos também foram descendo a escada, arrastando os pés a cada degrau.

Um segundo policial já havia chegado para vigiar a cena do crime. Zhao conversou com ele rapidamente enquanto Mei prosseguia escada abaixo.

Chegando ao sopé, ela vestiu o chapéu e as luvas. O sol se punha em meio a uma neblina rosada. O ar cheirava a carvão queimado.

— Às vezes acho que ela foi chantageada — disse o detetive enquanto eles tomavam o rumo da rua.

— Por dinheiro? — perguntou Mei.

— Ou outra coisa qualquer.

21

Já estava escuro quando Mei chegou a Xidan. Ela estacionou o carro e seguiu a pé pela calçada, abrindo caminho entre os compradores do feriado e os ambulantes que apregoavam suas delícias: pães cozidos no vapor, *kebabs* de cordeiro, bolinhos de arroz *nian gou*. Sob o céu límpido da noite, famílias perambulavam felizes pela noite fria, as crianças mordiscando espetinhos de frutas carameladas.

Enquanto procurava pelo restaurante Flor de Soja, Mei notou o olhar curioso de uma adolescente de bochechas rosadas. Quando tinha a idade dela, costumava fazer compras no centro com a mãe. De onde moravam, na zona noroeste de Pequim, elas precisavam tomar três ônibus para chegar até aquela parte da cidade. Ambas eram dadas a enjoos, e muitas vezes desciam antes do destino final para percorrer a pé os últimos quilômetros e explorar as ruas desconhecidas.

Lembrando-se daqueles distantes momentos de felicidade, Mei sentiu um aperto no coração. A vida não havia sido fácil para a família Wang: duas filhas sem pai, uma mulher sem marido, uma mãe escorraçada de todos os empregos que tivera. Apesar de tanto sofrimento, o amor entre elas havia sobrevivido — até vir à tona a verdade sobre o pai. Mei se perguntava se ao longo dos últimos 25 anos essa verdade havia doído na alma da mãe tal como agora doía na sua própria. Ah, como ela queria dizer à pobre mulher que ainda a amava apesar de tudo... Mas não conseguia. Era como se uma lâmina de gelo, com a forma do pai, se interpusesse entre elas.

Mei subitamente levantou o rosto e admirou as estrelas que cintilavam pálidas sobre as luzes da cidade. Voltando os olhos para a rua, viu através da neblina a placa vermelha e amarela do Flor de Soja.

No interior do restaurante, deparou-se com o cheiro forte de pimenta e ervas e logo deixou de lado as reminiscências de seu passado, os problemas com a mãe.

O lugar, apinhado de mesas escuras e cadeiras de espaldar alto, encontrava-se lotado. Uns mergulhavam pasteizinhos quentes no molho de pimenta; outros alternavam bocadas de arroz e tofu. O barulho era ensurdecedor. Aqui e ali, alguém berrava algo para as garçonetes.

Mei encontrou Manyu sentada a uma das mesas do fundo, de costas para a parede. Ela brincava com a xícara de chá, empurrando-a pela toalha, perdida nos próprios pensamentos.

— Desculpa o atraso — disse Mei. Retirou o casaco, dobrou-o sobre o espaldar da cadeira e sentou. — O trânsito estava péssimo na via expressa do aeroporto.

Manyu sorriu.

— Não tem problema. Eu estava mesmo precisando de um tempinho pra refletir. Estou tomando chá de jasmim. Você me acompanha ou prefere outra coisa?

— Jasmim está ótimo — disse Mei. Geralmente tomava *oolong*, mas ficara com sede em razão da caminhada até o restaurante e achou que jasmim seria mais refrescante.

— Sinto muito por não podermos conversar lá em casa. O apartamento é pequeno, e meus pais poderiam ouvir.

— Tudo bem, aqui está bom.

— É muito barulhento. Ninguém vai nos ouvir.

— Então, o que você queria me dizer? — disse Mei, e bebeu tudo. O chá já havia esfriado desde muito.

— Quero ajudar — disse Manyu, pegando o cardápio sobre a mesa —, mas acho melhor fazermos nosso pedido antes. Aposto que você está com fome.

Elas decidiram por alguns pratos tradicionais da cozinha sichuanesa; em seguida, Mei chamou uma garçonete e pediu porções de filé Marido e Mulher, pasteizinhos cozidos ao molho de Água Vermelha, *ma puo tofu* e peixe cozido em quarenta ervas.

— E mais um bule de chá, por favor. Este aqui já está frio.

— Tenho pensado muito desde ontem — disse Manyu.

— Fiquei tão chocada com tudo isso... Como você sabe,

nunca gostei da Kaili. Ela era linda e inteligente, mas se aproveitava das pessoas. Tirava tudo que queria delas, depois virava as costas. Era uma garota mimada. Não ligava nem um pouco para o sentimento dos outros. Mas não merecia o fim que teve. Ninguém merece uma morte dessas. Mal preguei os olhos ontem à noite. Não conseguia tirar da cabeça a imagem daquele rosto deformado e sem vida. Do que adiantam a juventude e a beleza? A morte dá cabo de tudo: amor, ódio, culpa, lembranças, esperanças... — Ela não terminou o que ia dizendo. Depois de um curto silêncio, deu um gole no chá e prosseguiu: — Agora que a Kaili morreu, penso nela o tempo todo. Lembro de pequenos incidentes que achava já ter esquecido, e olho pra eles de um modo diferente. Não sei explicar exatamente o que houve, mas é como se de uma hora pra outra eu a tivesse compreendido. Kaili não era feliz. Não sabia o que queria. Andava sempre inquieta, à procura de algo que não estava lá. Depois fiquei achando que ela não queria nada, sabe? Era tão triste e sofrida que não tinha nenhum objetivo na vida, nenhum desejo de viver.

— Kaili não se matou — interveio Mei.

— Não foi isso que eu quis dizer. Kaili não tinha nenhuma inclinação para o suicídio. Muito menos a coragem. Mas não dava valor aos próprios sentimentos, e por isso tratava todo mundo com desprezo.

— Mas você quer ajudar a resolver o caso, não quer?

— É estranho, eu sei. Também não entendo direito. Por que eu colocaria em risco meu emprego e meu futuro por causa dela? Kaili está morta, e nunca fomos amigas. — Manyu novamente começou a brincar com a xícara. — Talvez eu queira ajudar porque ela era uma pessoa triste e tinha sido magoada por muita gente.

— Como assim?

— Você sabia que Kaili e o Sr. Peng eram amantes?

Mei fez que sim com a cabeça.

— Mas o Sr. Peng também tinha um caso com a secretária dele. Muitas pessoas na gravadora sabiam. Nem sei como a Kaili não descobriu antes. Talvez porque nunca tivesse gostado do Sr. Peng de verdade. Ficou com ele por conveniência. No dia do show no Ginásio Capital, ela descobriu toda a verdade sobre ele e a secretária. Quando a vi, ela estava cuspindo fogo pelas ventas. Fiquei com pena dela, tentei consolá-la, mas ela disse que não queria a pena de ninguém e mandou que eu fosse embora.

— Se ela não gostava do Sr. Peng, então por que ficou assim?

— Orgulho ferido, acho.

A comida chegou. Duas garçonetes dispuseram os pratos diante delas e serviram o arroz nas tigelas. Mei esperou que elas se afastassem e perguntou:

— Mas por que ela sumiu? Você faz alguma ideia?

— Acho que ficou realmente magoada. Não tinha nenhum amigo, e agora havia sido traída pelo Sr. Peng. Talvez quisesse se vingar. — Manyu olhou a seu redor. Tão logo se certificou de que ninguém estava ouvindo, sussurrou: — Dizem por aí que foi ele quem introduziu a Kaili no mundo das drogas.

— Você acha que ela sabia de alguma coisa que pudesse incriminá-lo?

Manyu fez que sim com a cabeça, os olhos brilhando.

Mei bebeu do chá. Nenhum sabor ou perfume de jasmim.

Depois de colocar um pouco de *ma puo tofu* no prato de Mei, Manyu disse:

— Não sei se isso pode ajudar em alguma coisa. De qualquer modo, achei que devia contar.

— Fico agradecida — disse Mei. O tofu queimou sua língua, deixando-a dormente.

— Se eu puder fazer algo mais, é só pedir — disse Manyu.

Mei arrancou uma folha da caderneta de anotações e copiou as datas dos saques realizados por Kaili.

— Por acaso você pode descobrir por onde Kaili andou nestas datas?

— Posso tentar. Vou dar uma olhada na agenda dela e conversar com o motorista.

— Ótimo — disse Mei, e abriu um sorriso.

A janela junto de Manyu havia embaciado. Gotículas escorriam pelo lado de fora, estriando a vidraça como se fossem lágrimas.

22

No dia seguinte, Manyu ligou para Mei à hora do almoço.

— Descobri algumas coisas — disse aflita. — Conferi na agenda de Kaili aquelas datas que você me passou. Na primeira, ela cancelou duas entrevistas para a imprensa. Nas outras duas não há registro de absolutamente nada. Depois falei com nosso motorista. Kaili usou o carro em todos os três dias para ir até a Torre do Tambor. Paguei um café da manhã para o motorista. Conversamos por um bom tempo. A gente se conhece muito bem... — Manyu fez uma pausa. — Nem ele nem eu gostávamos da Kaili. Perguntei se ele lembrava aonde ela tinha ido, quanto tempo tinha demorado em cada lugar. De início ele falou que não se lembrava de nada, mas insisti, e ele acabou dizendo que tinha deixado a Kaili nas proximidades da Torre, e que depois ela entrou numa *hutong*.

— Ele ficou esperando por ela?

— Ficou, mas não lembra por quanto tempo. Nossos motoristas atendem muitas pessoas. A obrigação deles é anotar tudo num livro: datas, horários e destinos de cada viagem. Mas a maioria não se dá ao trabalho. Às vezes só anotam o bairro, mais nada. O que você acha?

— É possível que ela tenha ido se encontrar com alguém. Talvez num dos restaurantes de Houhai. Talvez estivesse sendo chantageada e precisasse pagar alguém — disse Mei, avaliando as possibilidades.

— Alguma notícia da polícia?

— Hoje cedo liguei para o detetive Zhao. Deixei um recado, mas ele não ligou de volta.

— Espero que encontrem o assassino.

— Obrigada por sua ajuda, Manyu.

— Se eu puder fazer algo mais, é só avisar.

Em seguida, Mei telefonou para Ding.

— Aqui é a Mei — disse rapidamente assim que ele atendeu. — Será que você pode me ajudar de novo? Posso pagar.

— Ajudar em quê? — disse Ding calmamente.

— Um garoto morreu no hospital depois de uma cirurgia de rotina. Os pais querem saber o que de fato aconteceu... — Ela fez um rápido apanhado do que já havia descoberto até então. — Agora que o Gupin está de molho, achei que você podia me dar uma mãozinha.

— Posso, sim, se minha mulher deixar — disse Ding. — Aposto que ela vai gostar do dinheiro.

Mei sorriu.

— Ótimo. Vou lhe passar todo o material deste caso. Você pode me encontrar no portão do hospital? Não tenho tempo pra registrar na portaria e entrar. Entrar numa zona militar é mais fácil que entrar naquele hospital.

— Bem, é um hospital do Exército — retrucou Ding.

Mais tarde, depois do encontro com o médico, Mei tomou o anel rodoviário na direção da Vila de Pátio Sul. Ding assegurara que Gupin se recuperaria por completo, mas ela queria ver pessoalmente como estava o assistente, e também pedir alguns conselhos.

Ficou feliz ao encontrá-lo com ótimo aspecto. Gupin parecia bem mais forte e animado. As chamas estalavam no fogão, aquecendo o ambiente. Gupin disse que estava entediado por ter de ficar de cama e que tinha aproveitado esses dias para pensar no caso do garoto morto.

— São tantas as versões que o hospital e os laboratórios deram para a mesma história... Mas nenhuma bate com a outra.

— Concordo — disse Mei. — Até o momento não consegui identificar nenhuma conexão entre os dois grupos, mas estou quase certa de que essa conexão existe. Por isso pedi ajuda ao Dr. Ding. Ele foi médico por muitos anos, mas agora vende material hospitalar. Espero que um dos contatos dele possa jogar um pouco de luz neste caso.

— O doutor é um homem bom — disse Gupin.

— Falou que vem examiná-lo daqui a alguns dias.

Mei buscou a chaleira sobre o fogão e encheu-a com a água do jarro junto à porta.

— E aquele outro caso, o da cantora? — quis saber Gupin. — Você já encontrou alguma pista do paradeiro dela?

Mei voltou com a chaleira para o fogão.

— Kaili já foi encontrada — disse. — Quer dizer, o corpo dela.

— A Kaili morreu?

— Assassinada, ao que tudo indica.

Mei sentou-se no banquinho ao lado da cama de Gupin e colocou-o a par dos últimos acontecimentos. Gupin ouviu a tudo sem piscar. Mei tirou da bolsa a borboleta de papel e entregou a ele. Vendo-a ali, sobre a mão grande do assistente, achou-a ainda mais vulnerável.

— Encontrei isto no apartamento de Kaili — disse. Em seguida contou sobre L e as cartas que ele havia escrito. — Havia uma Kaili diferente naquelas linhas, idealista, inocente, impetuosa... L, por outro lado, era mais cauteloso. E apaixonado pela Kaili.

— Você acha que foi ele quem fez esta borboleta?

Mei foi pega de surpresa pela pergunta.

— Sim — ela disse, pensativa. — É possível que sim. Talvez ele seja um artista. Não. A Universidade de Quingdao é de ciências exatas. Não tem um departamento de artes. Mas talvez ele fosse um artista amador.

— Ou um artesão — sugeriu Gupin, erguendo a borboleta para examiná-la melhor. — Na minha terra as pessoas fazem coisas assim. Não exatamente borboletas, mas... Em algumas famílias, a técnica de artesanato vem de longa data, passando de geração a geração.

— Também é possível que ele tenha comprado isto em algum lugar e assinado a inicial na asa — disse Mei, pensando em voz alta. — Mas se foi ele mesmo que fez... que motivo poderia ter? As obras de artesanato sempre têm uma finalidade. Pelo menos costumavam ter.

— Os velhos sabem tudo de artesanato. Na minha cidade tem um homem que chamamos de Vovô. Deve ter quase uns 100 anos. Já viu de tudo, sabe de tudo. Precisamos encontrar alguém como ele. Mas isso é quase impossível. Pequim é grande demais.

— Não necessariamente. L vivia numa *hutong*. Talvez alguém por lá saiba alguma coisa sobre essas borboletas, se elas fazem parte de alguma tradição, por exemplo.

— Mas são tantas *hutongs*...

— A última carta fazia referência à Torre do Tambor — disse Mei —, e Kaili foi até lá algumas vezes.

— Acha que é coincidência?

O rosto de Mei se iluminou de um segundo a outro.

— Talvez não. É isso aí, Gupin! — ela exclamou, tomando as mãos do assistente num impulso.

Corado de vergonha, Gupin deixou a borboleta cair ao chão. Mei recuou.

A chaleira começou a chocalhar no fogão, cuspindo fumaça pelo bico. Mei retirou-a do fogo e cobriu a trempe com uma chapa de ferro. Despejou água fervente numa xícara e entregou-a a ele.

— Antes de ir embora — disse —, preciso lhe pedir um favor. Por acaso você conhece alguém... quer dizer, um trabalhador imigrante... em Dashanzi? Ou melhor ainda, algum morador da Fábrica 958? Você poderia tentar descobrir o que eles sabem a respeito da morte de Kaili? Ninguém por lá quer falar com a polícia.

— Não deve ser difícil. Vou perguntar ao Pequena Montanha. Ele conhece um monte de gente.

— E como você vai me passar as informações?

— Pequena Montanha pode passar no escritório.

— Muito bem, então. A gente se fala. — Dito isso, Mei levantou-se e saiu. No quintal, a neve já começava a derreter.

23

Às 15h15, Mei foi para a rua da Torre do Tambor, uma de suas favoritas na cidade — sobretudo no verão, quando as castanheiras sombreavam as calçadas. Estacionou o carro junto de uma pilha de neve suja.

Dessa rua partiam *hutongs* longas e estreitas, como raízes, conduzindo ao labirinto de Houhai. Mei seguiu por uma ruela tranquila, em que trechos de neve comprimida refletiam a luz forte do sol de inverno. Uma sombra comprida surgiu mais adiante, e um homem veio empurrando uma bicicleta na direção de Mei. Encarou-a sem nenhum pudor, à maneira dos pequineses, aparentemente contrafeito.

Ao fim da *hutong*, ela se deparou com um lago congelado. O sol rebrilhava na superfície especular. Havia um bar na esquina. Nas paredes, alguém havia escrito: "Silêncio. Quero dormir. Quero viver."

Mei contornou o lago, passando por graciosos salgueiros que esperavam pela primavera. Um processo de recuperação se encontrava em andamento na antiga vizinhança. Algumas casas já haviam recebido uma demão de tinta cinzenta, mas outras ainda apresentavam fachadas decrépitas, rachadas ou descascadas. Novos bares, construídos no estilo tradicional, misturavam-se a casas velhíssimas que dividiam o mesmo quintal.

Mei seguiu para leste, atravessando a ponte do Lingote de Prata. Passando à frente de um restaurante de carnes, Shao Ro Ji, reparou nos clientes muito bem-vestidos que chegavam ao estacionamento.

A rua se estreitou numa trilha. Dali em diante, nenhuma construção nova. Mei foi caminhando pela tal trilha, que conduzia ao lago e em seguida dava meia-volta. Ela parou na curva.

Ali havia uma casinha. Na fachada, a tinta descascada revelava pedaços de argamassa. Sob a janela, dois extintores de incêndio, acorrentados a um gancho de metal e cobertos por uma capa de plástico, lembravam uma estranha escultura. Uma placa de madeira sobre a porta informava: "Rei do Bao Du".

Mei abriu a porta, atravessou uma cortina e entrou no restaurante. O único cômodo do lugar apinhava-se de móveis escuros, alguns deles já sem nenhuma pintura. O ar recendia um cheiro forte de vísceras cozidas e molho apimentado. Dois homens idosos debruçavam-se sobre uma das mesas, comendo de suas respectivas tigelas. Um terceiro, de avental, fazia-lhes companhia. De cabelos prateados, esse último tinha um rosto chato e salpicado de sardas, sulcado por rugas tão profundas que pareciam cortadas à faca. Os olhos cintilavam quando ele falava. Ali estava o Rei do Bao Du.

Virando-se para trás, ele perguntou a Mei:

— *Bao du?*

— Sim, por favor — ela disse, tirando o casaco e ocupando uma mesa.

— Quantas tigelas?

— Uma só.

— Com pão ou sem pão?

Mei ficou indecisa.

— Você nunca comeu *bao du* antes, comeu?

— Não, nunca.

— Então experimente com pão — sentenciou o Rei. Os dois velhinhos abanaram a cabeça em sinal de aprovação.

— Está bem então — disse Mei, abrindo um meio-sorriso.

— Chá?

— *Oolong.*

— Do Monge ou do Macaco Branco?

— Do Monge.

O Rei se levantou da mesa, recomendou aos companheiros que comessem devagar e foi para a cozinha.

Mei já havia lido sobre o homem nos jornais. Ainda jovem, no distrito muçulmano, ele aprendera a fritar tripas e abrira um pequeno restaurante na área, ate que a campanha dos "Quatro Velhos", fechou todos os restaurantes tradicionais de Pequim. Quarenta anos depois, no entanto, quando o governo da cidade decidiu ressuscitar a tradição e revigorar o distrito de Houhai, o Rei do Bao Du finalmente pôde reabrir seu antigo negócio. Mas as autoridades não ficaram satisfeitas: viam o *bao du* como um prato indigno dos novos tempos e achavam que o restaurante do Rei era demasiadamente chinfrim. Tentaram fechá-lo, mas quando os jornais publicaram a história, o Rei se tornou um homem famoso.

Mei decidira procurá-lo na esperança de que ele pudesse indicar alguém que soubesse algo sobre a borboleta de papel. O Rei habitava aquela área por quase meio século e conhecia bem os residentes locais. Além disso seu restaurante era muito frequentado pelos mais idosos, que ali buscavam não só companhia mas também um gostinho da velha Pequim.

Era bastante provável que o Rei do Bao Du soubesse dizer se a borboleta de papel fazia parte do artesanato local.

Dali a pouco, uma mulher engelhada veio dos fundos. Usava um chapeuzinho de tricô preto sobre os cabelos brancos. O rosto começara a afundar no centro: olhos, nariz e boca pareciam cair num buraco. Ela serviu o chá de Mei e abriu um sorriso desdentado. Mei lembrou que o Rei administrava seu restaurante com a mulher.

Logo ele apareceu também, trazendo um cozido de vísceras de cordeiro, coberto por um espesso molho de gergelim.

— Quando foi que o *bao du* surgiu em Pequim? — perguntou Mei assim que o prato foi colocado na mesa.

— Você não sabe? — disse o Rei, espantado. — Mais de cem anos atrás, o imperador Qianlong liderou uma campanha na Região Ocidental. A certa altura, as tropas ficaram sem comida, e o cozinheiro real, desesperado, cozinhou as tripas de uma vaca morta. O imperador disse que nunca havia comido nada mais saboroso na vida. Depois de vencer a guerra, ele voltou a Pequim e novamente quis comer o prato. Foi assim que surgiu o nosso famoso *bao du*.

Os dois velhinhos da outra mesa já haviam terminado de almoçar e agora palitavam os dentes com as unhas. Um deles falou um palavrão qualquer, ficou de pé e avisou ao Rei que ambos estavam de partida.

— Fiquem mais um pouco! — insistiu o Rei.

— Não, precisamos ir.

— Para que tanta pressa?

— Está frio.

A Sra. Bao Du saiu da cozinha com duas grandes tigelas de comida e as colocou numa mesa vizinha à de Mei. O Rei se aproximou e sentou. O casal trocou algumas palavras e começou a comer.

Mei viu ali uma oportunidade para abordá-los.

— Desculpem o incômodo — disse. Tirou da bolsa um pacotinho cuidadosamente embrulhado e mostrou-lhes a borboleta de papel. — Creio que isto aqui foi feito nesta região. Por acaso vocês sabem alguma coisa sobre este tipo de artesanato, ou sobre os artesãos que costumavam fazê-lo?

Ambos olharam para a borboleta e, em seguida, um para o outro. O Rei pegou-a para examinar de perto.

— A moça quer comprar mais? — perguntou.

Mei passou à mesa deles.

— Talvez. Para que elas servem?

— Para queimar nos funerais. Um costume da Manchúria.

— Feito dinheiro-fantasia.

— Isso mesmo. Um costume que vem dos tempos do imperador Qing, quando a corte ficava na Manchúria. Mas nós, chineses Han, nunca fizemos isso. — Ele franziu o cenho, intrigado. — Onde foi que você a encontrou? Faz anos que não vejo uma borboleta dessas.

— Era de uma amiga.

— Então ela pode dizer quem foi que fez.

— Acho que não.

— Por que não?

— Está morta.

O Rei olhou para a mulher.

— O velho Liu — ela disse, e o Rei sacudiu a cabeça assentindo.

— Um barbeiro ambulante — explicou. — Mora aqui há muito mais tempo que eu. Faz décadas que corta o cabelo de todo mundo nestas *hutongs* daqui. Está com 76 anos, mas ainda sai todos os dias para trabalhar. — Ele limpou a garganta. — Decerto vai saber dizer alguma coisa. É um homem supersticioso. Acredita em demônios, vida após a morte, coisas assim...

— Onde posso encontrá-lo?

— A essa hora... difícil dizer. Talvez esteja em casa. Mora na *hutong* Moinho de Tofu.

— Número 19 — acrescentou a Sra. Bao Du, e ensinou o caminho.

Mei agradeceu ao casal, pagou sua conta e saiu. O céu já apresentava o azul fechado do entardecer. Uma lua crescente despontava do outro lado da ponte do Lingote de Prata.

Mei atravessou a ponte e dobrou à direita, seguindo por uma rua ampla em que um homem assava batatas-doces numa churrasqueira de tambor. Mais adiante, uma mulher vendia pãezinhos cozidos no vapor. Um velhinho examinava as edições antigas de um sebo. O sino dobrou na Torre.

Novamente virando à direita, Mei alcançou a *hutong* do Moinho. Crianças brincavam ruidosamente, correndo umas atrás das outras. Adultos voltavam para casa de bicicleta, vindos do trabalho. Diante de uma lojinha de esquina, garotos jogavam futebol.

No número 19, Mei deparou-se com uma triste imagem. Duas grandes lanternas brancas, significando morte na casa, balançavam acima da porta como se fossem os olhos buliçosos de um fantasma. Duas velhinhas conversavam ao portão enquanto as crianças sob sua responsabilidade brincavam na neve.

— Está procurando por alguém em particular? — uma delas perguntou a Mei.

— Sim, pelo barbeiro Liu.

A mulher bufou e disse:

— Ele saiu.

— A senhora sabe para onde?

— Para a jogatina.

— É verdade que ele joga todo dia? — perguntou a amiga.

— Aquele lugar é um antro de perdição. Muitos chefes de família já se perderam ali.

— A senhora pode me dizer onde fica?

— Para lá — disseram ambas as mulheres, apontando para direções opostas.

Mei levou algum tempo para encontrar o cassino clandestino; naturalmente não havia nenhuma placa, e o lugar lembrava qualquer outra casa de uma pacata rua residencial. Numa sala esfumaçada, cheirando a álcool, um sem-número de pessoas jogava cartas, xadrez chinês, *go* e *mahjong*.

O proprietário, ou Grandão, como as pessoas o chamavam, veio correndo na direção de Mei assim que a viu entrar, talvez receando que ela trabalhasse para o serviço de inspeção do distrito. Mas quando Mei lhe disse quem estava procurando, ele apontou para uma das mesas onde dois homens jogavam baralho.

Um deles tinha cabelos brancos e lábios curvos. O outro era esquelético, de cabelos muito pretos e curtos, e tinha uma pequena verruga junto do nariz, da qual escapava um longo fiapo de cabelo. Entre eles, uma garrafa de aguardente de arroz.

Mei se aproximou e ouviu o de cabelos brancos dizer:
— Fiquei sabendo que o Vovô Wu morreu. Que foi que houve?

Com uma voz estridente, o da verruga respondeu:
— Velhice. A mulher do policial Chen encontrou o corpo na manhã após a nevasca.

— Mais um que se vai. Logo estaremos todos mortos — lamentou o outro. — Quantos anos ele tinha?

— Era quatro anos mais velho que a gente, portanto tinha 80.

— Uma vida longa.

— Porém triste.

Eles suspiraram e continuaram com o jogo.

— Sr. Liu? — chamou Mei.

Ambos levantaram o rosto.

— O que você quer com ele? — perguntou o da verruga.

Mei retirou o casaco e o gorro de lã, ambos pretos, e se acomodou à mesa. Sorriu com lábios tão rosados quanto o suéter que vestia.

— O Rei do Bao Du falou que o senhor poderia examinar algo para mim — disse.

— O quê?

Mei abriu o pequeno embrulho, e o velho barbeiro por pouco não desfaleceu.

— Onde foi que você conseguiu isto? — ele disse.

— É meu — disse Mei, intrigada.

— Liu, você está bem? — perguntou o de cabelos brancos, inclinando-se para a frente.

— Quem é você? — Completamente pálido, Liu deixou as cartas escorregarem da mão.

O de cabelos brancos despejou aguardente num copinho e deu ao amigo. Liu esvaziou-o com um único gole, pediu outra dose e novamente bebeu tudo de um só trago. Corria os olhos ora para Mei, ora para a borboleta. Outros bisbilhotavam a mesa, curiosos para saber o motivo da agitação.

— É muito estranho! — exclamou Liu, sacudindo a cabeça. Fez sinal de que queria uma terceira dose de aguardente, mas a garrafa já estava vazia. Mei pediu outra ao proprietário. — Mas o Vovô Wu está morto! — prosseguiu o barbeiro.

Duas doses depois, ele conseguiu se acalmar.

— Era Wu quem fazia estas borboletas de papel? — arriscou Mei.

— Sim. Um ofício de família. Eles eram da Manchúria. Nos velhos tempos, vendiam para a corte real. — Liu falava com a voz débil de um animalzinho encurralado num buraco escuro. — Anos atrás, tinham uma pequena loja de artigos funerários, que foi destruída pela campanha dos "Quatro Velhos". — Uma nova dose de aguardente devolveu-lhe a cor do rosto. — Depois, acabaram-se as cerimônias fúnebres, e os costumes tradicionais foram proibidos. Para o comandante Mao, eles não passavam de rituais supersticiosos.

"Achávamos que tinha sido o fim. Mais tarde, já na época da Revolução Cultural, a Guarda Vermelha apareceu na nossa *hutong* e botou abaixo a casa dos Wu, queimando todas as borboletas de papel. Eu já tinha aconselhado o velho Wu a se livrar delas. 'Não guarde isto em casa', falei. "Vocês são de origem manchu e vendem coisas ligadas à superstição." Mas ele não me deu ouvidos. Não tinha noção do perigo que estava correndo. Estava velho demais e o bebê era muito novo, então a Guarda Vermelha levou seu filho e sua nora. No dia seguinte, eles estavam mortos, desfigurados depois de tanta pancadaria. O velho Wu teve de recolher os corpos que haviam sido abandonados na rua, no mesmo lugar da chacina. Depois disso, parou de fazer borboletas. Sequer voltou a falar delas.

— Mas do que ele passou a viver? — perguntou Mei.

— Limpando ruas e escolas. Virou zelador. Criou o neto sozinho.

— E este neto, onde está agora?

— Ninguém sabe.

— Como ele se chama?

— Lin.

Claro, pensou Mei. Lin deve ser L. O nome se encaixa; o lugar se encaixa. O avô dele era zelador da escola local, e isso se encaixa também.

Mei tentou passar a borboleta às mãos de Liu, mas o barbeiro se recusou a tocá-la.

— Como o senhor pode ter certeza de que esta é uma das borboletas do Vovô Wu? — ela disse. — Decerto outras pessoas faziam borboletas iguais.

— Tenho certeza absoluta. Vivemos na mesma *hutong* por mais de setenta anos; eu seria capaz de reconhecer as borboletas de Wu com os olhos fechados. Estas veias douradas eram a especialidade da família dele.

— Então! — exclamou o de cabelos brancos. — Do que é que você tem medo? Isto aí é só uma borboleta do Vovô Wu!

— Você não ouviu o que eu disse? Wu está morto. Um homem morto não faz borboletas de papel.

— Talvez ele tenha feito esta aqui muito antes de morrer — disse Mei.

— Mas foi ele que fez as outras também?

— Que outras?

— No dia seguinte à morte de Wu, uma borboleta de papel foi colocada na porta de cada uma das casas vizinhas.

— Do que o senhor está falando? — disse Mei, confusa.

— O espírito dele está nos assombrando!

— Mais uma das suas superstições — disse o de cabelos brancos. — Além disso, você foi amigo do velho por mais de sessenta anos. Não precisa ter medo do fantasma dele.

— A gente nunca sabe. Talvez ele não tivesse gostado quando construí um depósito no quintal da casa dele. Mas todo mundo estava ocupando os espaços vazios! Se não fosse eu, outra pessoa teria construído alguma coisa ali. Talvez não gostasse quando eu fofocava. Por outro lado, todo mundo cuidava dele. Eu fazia as compras, e a Sra. Tang, que era a presidente do nosso Comitê Revolucionário, sacava o dinheiro da aposentadoria para ele. A Sra. Chen cozinhava. Vizinhos melhores ele não poderia ter.

O de cabelos brancos concordou com a cabeça.

— Wu não tinha parentes vivos — continuou o barbeiro. — Chen levou o corpo dele para o crematório. Nos dias de hoje, custa uma fortuna cremar um corpo. Amanhã haverá um velório. Todos os vizinhos estarão lá.

— Eu também — disse o de cabelos brancos.

Liu calou-se um instante e baixou o rosto, fazendo oscilar o fiapo da verruga. Com dedos trêmulos, tentou tocar a borboleta sobre a mesa.

— Os espíritos têm lá seus mistérios — murmurou.

O de cabelos brancos agarrou-o pelo braço.

— Não tem espírito nenhum, homem! Isso é superstição! Será que você não aprendeu nada com os comunistas?

— Isso é o que você diz. Mas e aquelas orelhas de porco penduradas na sua porta, hã? Vai dizer que não acredita em espíritos! — retrucou o barbeiro.

24

Na manhã seguinte, Mei telefonou para o Ministério de Correios e Telecomunicações para falar com Jing Jing, irmã mais nova de Hui, sua melhor amiga na universidade. Ao contrário da rechonchuda Hui, Jing Jing era magra feito um caniço e possuía uma voz fininha que se adequava perfeitamente à magreza.

— Que coincidência você ter ligado — ela disse na sua melopeia. — Outro dia mesmo estávamos falando de você.

— Verdade?

— Minha irmã acha que encontrou alguém pra você.

— De novo?

Jing Jing riu.

— Ela reconhece que o último foi um terrível engano. Mas quem poderia saber que ele era aquele horror? Este agora é bem diferente. Não chega a ser um colírio para os olhos, mas é muito simpático. Liga pra ela, vai. A universidade entrou de férias, e Hui está à toa em casa.

— Pensei que estivesse escrevendo uma coletânea de poemas.

— Acho que não está se saindo muito bem. Mas não vá dizer isso pra ela, ouviu? Olha, você *tem* de ligar pra minha irmã — suplicou Jing Jing. — Ela está tricotando chapeuzinhos pra gente outra vez.

— E resolvendo minha vida amorosa — acrescentou Mei.

Elas riram.

Em seguida, Mei passou a Jing Jing o número do celular de Kaili.

— Por acaso você pode me dar uma lista das chamadas feitas nos últimos seis meses por este número?

— Acho que sim, mas só amanhã.

— Tudo bem. Aliás, quando será a reorganização do ministério?

— Como foi que você ficou sabendo? Era pra ser um segredo.

— Por isso mesmo todo mundo ficou sabendo.

— Depois do ano-novo as coisas vão ficar feias por aqui — disse Jing Jing. E depois: — Meu chefe está vindo. Tenho de desligar.

Dali a pouco, Mei tentou preencher alguns formulários que haviam chegado da prefeitura, mas não conseguiu: só tinha cabeça para o mistério da borboleta de papel. Por que os vizinhos haviam recebido borboletas à sua porta? Quem as deixara ali? Por que ficaram com tanto medo? Mei agora estava certa de que L era Lin, o neto de Wu. E por que Kaili havia feito aquelas visitas à região da Torre?

Ela já ia pegando seu casaco para comer macarrão no restaurante de que tanto gostava, na esquina da sua rua, quando ouviu alguém bater à porta.

Dois homens corpulentos, de casacos acolchoados, encontravam-se no corredor. Um deles carregava uma maleta.

— A senhorita é Mei Wang?

— Sim — ela respondeu assustada.

— Somos do Departamento de Regulamentação.

Sem esperar pelo convite, eles entraram e foram logo tirando os casacos. Puxaram cadeiras e se sentaram um ao lado do outro.

Mei sentou-se também.

— Posso saber do que se trata? — perguntou.

O homem abriu sua maleta e de lá tirou uma pasta de documentos.

— A senhorita é proprietária da Lótus Consultoria de Informações, localizada na Comuna do Lenço Vermelho, rua Chongyang Norte, número 122, bloco 1? Atualmente tem um funcionário, um imigrante de Henan. Essas informações estão corretas?

— Estão — disse Mei, já prevendo que boa coisa não viria daquela conversa.

— Recentemente descobrimos que algumas pessoas usam empresas legais como fachada para atividades ilegais, como a investigação particular. Precisamos examinar seus papéis para ver se a senhorita está operando de acordo com a lei e os regulamentos.

— Alguém me denunciou? Estou sendo investigada, é isso?

— Também notamos que a senhorita deixou de entregar alguns documentos: a Declaração de Limpeza Espiritual, o Formulário 11956, o Formulário 20010 etc. Sabe que é ilegal operar um negócio sem entregar o Formulário 11956? Talvez tenhamos de interditar seu escritório até recebermos todos os documentos que faltam, satisfatoriamente preenchidos.

Mei não sabia que formulário era aquele, tampouco se ele de fato existia. Mas sabia muito bem que, caso o departamento quisesse, poderia interditá-la a qualquer momento. Sempre tivera consciência desse risco. Mas a menos que o governo tivesse algum interesse especial, interdições como essa eram bastante raras. Afinal, centenas senão milhares de investigadores particulares operavam com sucesso sob a égide da consultoria de informações: ela os havia conhecido durante um encontro anual da classe. Por que logo ela, Mei, havia sido escolhida para uma prensa?

O outro homem, que até então permanecera mudo, reacomodou-se na cadeira, cruzou as pernas e disse:

— O Sr. Peng tem sido generoso e paciente, mas a senhorita ainda está trabalhando no caso da cantora Kaili. Ele está muito aborrecido.

— Se a senhorita interromper a investigação — disse o da maleta —, talvez possamos fazer vista grossa para os formulários que não foram entregues. Pelo menos por ora.

O outro ficou de pé. Entrou na sala de Mei, examinou os quadros na parede, todos pintados por Ling Bai, e correu a mão sobre o computador à mesa.

— A senhorita tem um belo negócio. Decerto não vai querer colocá-lo em risco. É exatamente isso que o Sr. Peng está fazendo — ele disse, pausadamente, como se estivesse implorando pela compreensão de Mei.

Assim que eles saíram, Mei começou a perambular pelo escritório, o coração retumbando no peito. Caso ela prosseguisse na investigação da morte de Kaili, seguramente eles voltariam para cumprir a ameaça que haviam feito. Mas caso a interrompesse, ninguém jamais saberia a verdade sobre Kaili e Lin. Como poderia se olhar no espelho, caso cedesse à pressão de alguém como o Sr. Peng?

Um raio de sol atravessou a janela ao seu lado, iluminando um dos quadros pintados pela mãe, uma flor de lótus despontando da lama. Mei perguntou a si mesma o que seu pai faria naquela situação.

Ela sorriu, subitamente empolgada. Lembrou-se do dia em que entregara sua carta de demissão no ministério, da força e da dignidade com que o fizera. Seguiria seu coração. Não se deixaria intimidar. Continuaria firme na investigação.

A música lúgubre de um *ehru* vinha do número 19 da *hutong* Moinho de Tofu. Ao mesmo tempo que entristecia Mei, parecia convidá-la a entrar. O portão trepidava ao vento. Mei abriu-o e passou ao quintal. A primeira casa à sua frente encontrava-se aberta, iluminada por velas. Ela entrou.

A casa tinha apenas um cômodo, com uns sete metros de comprimento e três de largura. O teto era baixo, e na parede dos fundos havia um altar, onde fumegavam velas e incensos. Acima da única cama viam-se diversas fotografias, algumas emolduradas, outras presas por tachinhas. Todas de uma só pessoa. Numa delas, um garotinho de cachecol vermelho exibia um prêmio escolar; noutra, o mesmo garoto, alguns anos mais velho, sorria ao lado de uma bicicleta nova; uma terceira mostrava-o já rapaz, belo e de olhos muito vivos, à beira mar. Mei supôs tratar-se de Lin.

Um grupo de pessoas, todas usando braçadeiras pretas, sentava-se junto do altar. Um ancião de barbas longas e prateadas tocava seu *ehru*. Ao lado dele, uma senhora rechonchuda desandou a chorar tão logo viu Mei entrar, decerto uma carpideira profissional. Ao lado dela, um jovem monge recitava seu rosário alheio a tudo e a todos.

O grupo se completava com uma mulher jovem, de rosto redondo, olhos gentis e cabelos presos num coque. De tempos em tempos ela jogava uma nota de dinheiro-fantasia no fogo que ardia numa bacia de alumínio à sua frente.

Mei se aproximou do altar e reverenciou a fotografia do morto. Acendeu um incenso e colocou-o junto dos outros.

A carpideira novamente se desmanchou em lágrimas. Mei virou-se para trás assim que um casal idoso entrou no cômodo, amparando um ao outro. A carpideira abanou o lenço de mão e choramingou:

— O vovô dele!

O casal foi se arrastando até o altar. O velho cambaleava, o rosto sulcado feito uma noz. No altar, a mulher se dobrou numa mesura enquanto o homem não conseguiu fazer mais que menear a cabeça. A jovem que queimava dinheiro-fantasia correu para ajudá-los. Os velhos ofereceram suas condolências. Mei ficou se perguntando quem poderia ser a tal moça. Caminhava na direção do altar, pensando em oferecer suas próprias orações, quando foi interrompida por um gesto dela.

— Por favor, vá para o quintal, onde será realizado o velório — disse a moça.

Mei aquiesceu com a cabeça.

A noite havia esfriado. Mei apertou o casaco contra o corpo. Mal podia discernir o caminho a seguir. Barracões e depósitos formavam sombras escuras na penumbra. Um bordo alto sobrelevava a tudo, de mãos erguidas para o céu.

Mais adiante, Mei ouviu vozes e viu vultos se mexendo no interior de uma casa. Entrando nela, deparou-se com uma sala apinhada. Um grupo de mulheres sentava-se à beira de uma cama, abrindo sementes de melancia torradas, formando um tapete de casquinhas no chão. Os homens rodeavam uma mesa de cartas, fumando e bebendo saquê. Uma mesa de *mahjong* havia sido colocada num dos cantos. Pratos de amendoim torrado e tâmaras secas eram passados de mão em mão. Todos na sala vestiam roupas discretas e usavam braçadeiras pretas.

O barbeiro Liu estava lá, observando um jogo de *mahjong*. Contorceu o rosto assim que viu Mei e rapidamente baixou a cabeça, fingindo não ter visto nada.

— *Ayi*, você quer um docinho? — disse uma voz infantil. Baixando os olhos, Mei viu uma garotinha de aproximadamente 5 anos segurando uma cesta pequena. Tinha olhos grandes, bochechas rosadas e covinhas ao lado da boca. Os cabelos haviam sido trançados nas laterais e presos por duas fitas pretas.

Mei ajoelhou-se e retirou um doce da cesta.

— Muito obrigada — disse. — Como você se chama?

— Chen Xiao Hua — respondeu a menina timidamente, quase não se fazendo ouvir.

— Pequena Flor. Um lindo nome.

Pequena Flor olhou fixamente para Mei, depois saiu correndo.

Uma mulher com seus 50 anos se aproximou de Mei.

— É a filhinha do policial Chen.

Os olhos de Mei seguiram Pequena Flor até o pai dela, um homem jovem e esbelto que falava alto e bebia saquê ao lado da mesa de cartas.

— Sou a Sra. Tang. Será que já nos vimos antes? Você me parece familiar.

— Provavelmente a senhora está me confundindo com outra pessoa — disse Mei. — É a primeira vez que venho aqui. Sou amiga do Lin, neto do Sr. Wu.

— Amiga do Lin? Aquele traste inútil? — exclamou a Sra. Tang, e cuspiu a casca de uma semente de melancia. — Wu trabalhou dia e noite pra mandar o neto pra universidade, e o que foi que ele fez? Virou-se contra o Partido. Quase matou o avô de desgosto. Wu jamais entendeu como aquele infeliz foi capaz de fazer uma coisa dessas... — Ela arrematou, balançando a cabeça.

A Sra. Tang tinha as maçãs do rosto altas e um nariz chato. Os lábios eram finos e crispados; claramente aquela boca estava acostumada a proferir palavras ásperas. Tudo isso era acentuado pela postura: o tronco empertigado, as pernas afastadas de um modo masculino. Trajando preto da cabeça aos pés, ela parecia a matriarca do velório.

— *Guazi?* — A Sra. Tang ergueu o punho esquerdo e ofereceu a Mei algumas sementes de melancia torradas.

Mei aceitou uma, agradeceu e perguntou:

— Faz tempo que a senhora mora aqui?

— Há mais de trinta anos — respondeu a Sra. Tang, orgulhosa. — Já fui presidente do Comitê Revolucionário das Ruas e Hutongs, mas agora estou aposentada. Venha comigo — disse, tomando Mei pelo braço e a conduzindo na direção da cama. — As camaradas estão ali.

Mei seguiu com ela, pisoteando o tapete de cascas de semente, e se acomodou à beira da cama. Olhando de soslaio, percebeu que o barbeiro Liu a espiava disfarçadamente enquanto conversava com o pai de Pequena Flor, o policial Chen.

— Para onde levaram o corpo? — perguntou uma mulher de cabelos frisados por um permanente.

— O policial Chen levou-o para o crematório — respondeu a Sra. Tang.

— Assim, logo depois da morte?

— O falecido Wu não tinha família. Foi uma grande generosidade de Chen pagar por tudo.

— Ele e o neto de Wu foram amigos durante um tempo, não foram? — disse outra mulher, de olhos esbugalhados como os de um peixinho de aquário.

— Eram muito próximos desde a infância. Costumavam subir naquela árvore grande do quintal. Eu precisava ralhar com eles. Lin era o inteligente da dupla — disse a Sra. Tang, e partiu uma semente com os dentes.

— E como vai o policial Chen hoje em dia?

— Hoje trabalha para o todo-poderoso, imagine só! Diariamente cuida da escolta do presidente Li Peng.

A mulher de olhos esbugalhados abafou um risinho, e a Sra. Tang se virou para trás. O policial Chen vinha caminhando na direção delas com certa arrogância nos passos, um cigarro preso entre os dedos.

— Senhoras — cumprimentou. — Sra. Tang.

— Aquele Volkswagen prateado estacionado na frente do quintal é seu? — perguntou a mulher de permanente.

— É, sim. Cento e cinquenta cavalos, 5.000 rpm, turbo.

As mulheres riram, embora não tivessem entendido uma só palavra.

— Não nos conhecemos — ele disse a Mei. — Sou Chen Xiaolei, mas por aqui as pessoas me chamam de policial Chen. — Estendeu a mão para que ela apertasse.

— Mei Wang.

— É amiga do Lin — acrescentou a Sra. Tang.

— Verdade? — disse Chen, jogando o peso do corpo para outra perna. — Ele e eu éramos amigos de infância.

— Você é o Barril?

Chen ficou lívido.

— Eu detestava esse apelido — disse. — De onde você e Lin se conhecem? — Deu um longo trago no cigarro e cuspiu uma baforada.

Uma ruidosa lamúria fez-se ouvir do lado de fora, anunciando a chegada de mais alguém à sala do altar.

— Da universidade — respondeu Mei.

Chen arregalou os olhos para ela. Mei sabia que não havia falado com convicção.

— Mas você é de Pequim — ele disse.

A porta se abriu, deixando entrar uma corrente de ar frio. Amparada por alguém, chegara à sala uma velhinha muito miúda, muito encarquilhada e muito frágil.

— Sra. Guo! — exclamou a Sra. Tang. Abrindo caminho entre os presentes, ela se aproximou e tomou a velhinha pelo braço.

As pessoas ficaram de pé, e logo se formou um zum-zum.

— Faz anos que não a vejo.

— Nem sabia que ela ainda estava viva.

— Achava que ela já não podia mais andar.

— Daqui a pouco não anda mais. Está com 88 anos.

— Dizem que é surda como uma porta

A Sra. Tang, auxiliada pela jovem que antes queimava dinheiro-fantasia na sala do altar, conduziu a octogenária Sra. Guo para a mesa de cartas. Muitas das mulheres presentes correram para tocá-la em busca de boa sorte. A Sra. Tang gritou para que o marido, um homem minúsculo amuado num canto, trouxesse uma xícara de *ju hua*, chá de crisântemo.

Uma única pessoa permanecera imóvel em seu lugar: o policial Chen, que acompanhava a cena de longe. Dali a pouco, a jovem da sala do altar se aproximou e sussurrou algo ao ouvido dele. Mei percebeu que ela havia olhado de soslaio em sua direção.

A Sra. Tang limpou a garganta e disse:

— Sra. Guo, é uma grande honra recebê-la em minha casa.

— Vim me despedir de Wu — disse a velhinha, com uma voz surpreendentemente límpida.

O velório seguiu noite adentro. As pessoas já estavam bêbadas e barulhentas. O deslizar das peças de *mahjong* misturava-se aos ecos do falatório sob o teto baixo. A Sra. Guo, que a certa altura se deitara à cama, agora roncava. Por fim foi carregada de volta para casa, e a festa terminou.

25

Do lado de fora, algumas estrelas cintilavam no céu frio do inverno. A Torre do Tambor avultava ao longe como um fantasma. A neve se acumulava nos cantos da sinuosa ruela. Mei tirou uma lanterna da bolsa, acendeu-a e seguiu adiante, os passos ecoando entre os muros escuros.

A *hutong* do Moinho de Tofu terminava num entroncamento onde uma lojinha, de portas fechadas, defrontava uma árvore esquelética. Ali, Mei dobrou para outra ruela. A certa altura ouviu passos que não eram os seus. Desligou a lanterna e prosseguiu na escuridão.

Amedrontada, caminhando o mais depressa que podia, chegou a outra *hutong*, tão sinuosa quanto as anteriores. No escuro, parecia um labirinto. Tudo era reconhecível — construções caindo aos pedaços e paredes descascadas —, mas não familiar. Onde estaria a saída? Mei olhou a seu redor, desesperada. A Torre do Tambor, antes à direita, agora se achava à esquerda.

No topo da *hutong*, ela parou. Encheu os pulmões com o ar frio da noite e se deixou levar pelos próprios pensamentos. Quem quer que a estivesse seguindo certamente tinha um motivo para fazê-lo; sabia que ela estava perdida, mas não se aproximara.

Mei seguiu em frente, sempre com um olho voltado para a Torre do Tambor. Procurou acalmar-se. Dez minutos depois, avistou o lume discreto de postes de luz e seguiu nessa direção. Por fim chegou à parte oeste da rua da Torre.

Alguns ciclistas pedalavam no asfalto, o rosto coberto pelos chapéus de inverno. Um ônibus noturno passava produzindo um ruído surdo. Mei avistou seu carro do outro lado da rua.

Deu meia-volta, retornou à *hutong* e ficou esperando no escuro até que, sob a luz que vinha da rua, discerniu o vulto do policial Chen, andando de um lado a outro à sua procura. Dali a pouco ele também saiu à rua da Torre.

Com a lanterna ainda apagada, Mei se embrenhou novamente na sucessão de ruelas da *hutong*. Numa esquina, topou com uma bicicleta recostada contra o muro. Aos poucos, à medida que seus olhos foram se acostumando ao breu, viu o contorno de cadeiras velhas, montes de lixo e dos telhados de algumas casas.

Prosseguindo naquele ziguezague, subitamente se viu de volta à *hutong* do Moinho. Como antes, lanternas brancas oscilavam à entrada do número 19. Mei empurrou o portão semiaberto, fazendo-o ranger. Uma luz débil se apagou no interior da casa do falecido Wu.

Mei abriu a porta, acendeu a lanterna e ergueu-a contra a sala escura. Deparou-se com os olhos assustados do barbeiro Liu.

— O que você está fazendo aqui? — perguntou.

— Ssh. Não vamos conversar aqui — sussurrou o velho. — Apague esta lanterna, por favor.

Mei não se mexeu.

— Alguém pode nos ver! — ele insistiu. — Por favor, eu suplico, venha comigo até minha casa. Lá eu explico tudo.

Mei analisou-o por um instante, cogitando se podia confiar nele. Por fim apagou a lanterna.

Eles saíram, e o barbeiro trancou a porta pelo lado de fora.

— Foi ele quem me deu a chave — disse Liu. — Estava doente, e era eu quem cuidava dele.

Eles seguiram até a menor das casas que dividiam o mesmo quintal. Um triciclo, de guidons curvados num ângulo estranho, achava-se estacionado junto à janela.

Apressadamente, Liu convidou Mei a entrar. Puxou uma correntinha, e uma lâmpada ao centro do teto iluminou o cômodo. Móveis atulhavam ambos os lados da porta. Caixas de papelão, bacias, vasilhas e panelas empilhavam-se no topo de uma cômoda, outras no assoalho. O lugar cheirava a conserva de tofu.

Liu retirou os objetos de uma cadeira e os largou no chão. Ameixas secas rolaram de um saco.

Mei já ia se sentando na tal cadeira, a única da sala, quando o barbeiro berrou:

— Não! Você não pode sentar aí! É má sorte! — Ele arrastou a cadeira até a extremidade da sala e virou-a na direção da porta. — Agora, sim. Pode sentar. Eu sento na cama.

A cama do barbeiro ocupava praticamente toda a parede atrás dela. Sobre a mesinha de cabeceira apinhavam-se jornais velhos, potes de vidro, xícaras e uma faca de cozinha do tamanho de um tijolo. Liu remexeu na tralha até encontrar um maço de cigarros. Tão logo encontrou o que queria, vasculhou a mesma tralha em busca de uma caixa de fósforos.

— O que o senhor estava procurando na casa de Wu?

Liu afastou as cobertas da cama e se acomodou nela.

— Não estava procurando nada. Estava devolvendo coisas.

— Que coisas?

Ele deu um trago no cigarro.

— Dinheiro. Não sou ladrão, se é isso que você está pensando. Jamais faria uma ofensa dessas ao Vovô, um amigo de vida inteira. Mas por que deixar tanto dinheiro apodrecendo debaixo de um colchão? Ou, pior, deixá-lo ali pra que alguém o encontrasse? Cuidei do meu amigo durante anos. Mereço uma recompensa.

— Quanto dinheiro?

— Milhares de iuanes. Uma amiga do Lin que deu pra ele. Wu não aceitava, mas ela insistia. Decerto era uma ex-namorada de Lin; caso contrário, que motivo teria pra vir visitar o avô dele e dar dinheiro? Dizia que era rica.

— Quantas vezes ela veio?

— Duas ou três. Wu ficava muito aborrecido com essas visitas. Não gostava de falar de Lin.

— O que aconteceu com ele, Lin?

Liu por fim tirou o cigarro da boca.

— Achei que vocês fossem amigos — disse.

— Nunca nos conhecemos.

— Mas o policial Chen achou que você era... — Ele parou e examinou a janela.

Mei aguçou os ouvidos. A noite estava silenciosa, a não ser pelo chiado da lâmpada.

— Que foi que ele falou?

Visivelmente inquieto, Liu rodopiava o cigarro entre os dedos. Mei lembrou-se do que ele dissera no cassino clandestino sobre fofoca. Os fofoqueiros adoram ter um segredo para contar.

— Falou que você havia estado com ele. Que vocês mantinham contato.

— Mas de onde ele tirou essa ideia?

— As borboletas de papel — respondeu Liu, sério.

Isso explicava a perseguição de Chen, pensou Mei. Mas que diabos ele queria dizer com "manter contato"? Talvez achasse que podia encontrar Lin por meio dela.

— O senhor sabe quem eu sou? — Mei decidiu se abrir com o barbeiro. Liu era um perfeito fofoqueiro, a pessoa certa para deslindar aquele mistério.

Olhando-a fixamente, ele disse:

— O espírito do Vovô está com raiva. Primeiro foram as borboletas, e agora você. Você é a mensageira dele. Hoje, quando a vi na casa da Sra. Tang, resolvi devolver o dinheiro. Fiz uma reverência para a alma de Wu e pedi perdão.

— O senhor acha que sou um espírito?

— Não. Mas é um sinal. Não existem coincidências. Tudo acontece por um motivo.

— Nisso concordo com o senhor, mas não sou mensageira de ninguém. Vim aqui pra resolver o mistério das borboletas de papel. Assim como o senhor, quero saber de onde elas vieram, quem foi que as fez. — Mei passou-lhe um cartão de visitas. — Meu trabalho é resolver o problema dos outros.

Liu examinou o cartão, mas aparentemente não se deu por convencido.

— O senhor não pode acreditar que aquelas borboletas foram colocadas pelo espírito do Vovô Wu — disse Mei.

— Acredito, sim.

— Talvez porque não tenha outra opção. Se o senhor se abrir comigo, certamente poderei ajudá-lo.

Liu deu um trago no cigarro e soprou a fumaça. Parecia indeciso.

— Mas o senhor precisa contar tudo que sabe — insistiu Mei. — Quanto mais, melhor.

— O que você quer saber?

— Tudo. Em primeiro lugar, o que foi que Wu contou sobre a ex-namorada de Lin?

— Alguns meses atrás, ele disse que uma amiga de Lin, dos tempos da universidade, havia aparecido pra vê-lo. Estranhou que a moça tivesse vindo depois de tantos anos. Nas visitas seguintes, ela trouxe dinheiro. Talvez porque tivesse ficado com pena. Wu estava doente desde a chegada do frio. Recusou o dinheiro, mas ela deixou mesmo assim.

— Que mais?

— Segundo me disse o Vovô, ela se desculpou por ter demorado tanto pra aparecer. Pediu notícias de Lin. Mas, claro, Wu não havia recebido nenhuma notícia desde a prisão do neto. Isso foi... nove anos atrás.

— Por que ele foi preso?

— Quatro de junho. O boboca foi para a Praça da Paz. Com certeza saiu à noite, sem que ninguém visse. No dia seguinte apareceu em casa falando de sangue e morte. Seja lá o que aconteceu, traumatizou-o fortemente. Falamos que era pra tomar juízo e não repetir aquela bobagem, mas Lin não nos deu ouvidos. Voltou à praça logo no dia seguinte, e nos outros também. Dizia que queria ajudar... Ajudar quem? Isso ninguém sabia. Os soldados andavam patrulhando as ruas. Wu estava muito preocupado. Tinha medo que o neto fosse preso e não voltasse nunca mais. Certa noite a polícia invadiu o nosso quintal. Já passava da meia-noite, e eu estava dormindo. Quando enfim acordei, eles já tinham levado o Lin. Wu ficou louco. Com 71 anos nas costas e uma bengala na mão, andou por toda a cidade em busca de notícias do neto. Alguns meses depois, soubemos que Lin havia sido condenado a dez anos de trabalhos forçados. Foi a última notícia que tivemos. Wu ficou doente, foi piorando a cada ano. No fim, quase não saía mais da cama. Os vizinhos cuidavam dele.

— Quando foi que ele morreu?

— Achamos que foi na noite da nevasca. A Sra. Chen encontrou o corpo na manhã seguinte. Falou que ele morreu em paz, até parecia feliz. O coitado teve uma vida difícil. Todo ano a gente achava que ele não passaria do inverno, mas o danado seguia em frente, triste como um fantasma. Na noite após a morte dele, os vizinhos se reuniram na casa do policial Chen. Ele falou que levaria o corpo para o crematório. Na manhã seguinte, quando fui buscar água na bica do quintal, encontrei uma borboleta de papel diante da minha porta, na neve. Você pode imaginar o susto que levei.

Liu apagou o cigarro na sola do sapato e jogou a guimba no chão.

— Fiquei tão nervoso que fui direto para a casa do Wu, conferir se ele havia morrido mesmo. Depois fui contar a história pra Sra. Chen, que trabalha meio expediente no supermercado Long Fu. Ela disse que tinha recebido uma borboleta também. Juntos, fomos falar com a Sra. Tang, que também tinha recebido uma, mas achava que tudo não passava de uma brincadeira de mau gosto. Falou que minha superstição era uma grande bobagem, que eu não devia acreditar em fantasmas.

— E o policial Chen, o que foi que ele falou sobre essas borboletas?

— Ficou muito irritado comigo, falou que não acreditava nem um pouco em espíritos. Mas então eu disse: "Somos vizinhos de longa data. Precisamos fazer um velório para o Vovô, senão o espírito dele vai ficar bravo conosco e nunca vai embora daqui." Chen concordou, mas outra vez disse que não acreditava em superstições. A Sra. Tang disse que também não acreditava, mas logo se prontificou a organizar tudo. — Liu engoliu em seco. — Agora que fizemos o velório e que já devolvi o dinheiro, espero que o espírito do meu amigo possa descansar em paz. — Ele tirou outro cigarro e procurou pelos fósforos.

— Por acaso o senhor não viu nada suspeito quando encontrou a borboleta? — perguntou Mei. — Pegadas na neve, por exemplo?

— Estava tão apavorado quando corri pra casa do Vovô... Se havia pegadas, foram destruídas por mim.

— Alguém mais sabia do tal dinheiro?

— É possível que eu tenha contado à Sra. Chen. Sou um fofoqueiro incorrigível. Às vezes tenho vontade de estapear minha própria cara. Mas ninguém sabia onde o dinheiro estava escondido. De qualquer modo, duvido muito que os Chen quisessem esse dinheiro. O policial ganha muito bem. — Liu calou-se um instante. Depois, com os olhinhos brilhando, perguntou: — Você acha que alguém está atrás dele?

Mei conferiu as horas no relógio. Já passava da meia-noite.

— Muito obrigada, Sr. Liu — ela disse. — Voltamos a nos falar.

Liu ficou de pé.

— Sou barbeiro. Não dá pra ficar rico. Hoje em dia, os jovens só querem cortar o cabelo nas barbearias modernas. Não tenho filhos. Quando não puder mais trabalhar, quem vai cuidar de mim? Não sou um ladrão.

Mei parou à porta. Esmagara algo macio com os pés. Olhou para baixo e viu uma ameixa seca.

26

No dia seguinte, um longo fax de Jing Jing e um bilhete de Gupin esperavam por Mei no escritório. Ela leu o bilhete primeiro.

— Ótimo! — exclamou em voz alta, e sorriu.

O fax de Jing Jing era uma lista de chamadas feitas pelo celular de Kaili. Mei levou as páginas para sua mesa, copiou alguns números numa folha limpa de papel, ticou, contou e riscou. Por fim identificou três números que Kaili havia ligado com mais frequência antes de desaparecer. Dois eram números de celular. Consultando sua própria agenda, Mei descobriu, tal como já havia imaginado, que um dos números pertencia ao Sr. Peng. Ela ligou para o segundo. Fora de serviço. O terceiro era de uma linha fixa. O telefone tocou duas vezes até que uma voz feminina atendeu:

— Escritório de advocacia Huan Chun, bom-dia.

— Bom-dia. Meu nome é Mei Wang. Tenho uma pequena agência de consultoria de informações e talvez precise de representação legal.

— A senhorita gostaria de falar com um dos sócios? — perguntou a moça, gentil.

— Sim, por favor.

Alguns minutos depois, um homem respondeu.

— Uma amiga minha já trabalhou com este escritório — Mei disse a ele. — O senhor conhece Kaili, a cantora? Eu gostaria de falar com o advogado dela. Kaili me disse o nome, mas infelizmente esqueci.

O homem foi verificar, e Mei esperou.

Ele voltou alguns minutos depois.

— O advogado de Kaili era Li Bo — disse. — Infelizmente ele está numa reunião. Quer que eu peça a ele para retornar a ligação assim que puder?

— Eu telefono mais tarde, obrigada.

Logo depois, Mei ligou para o número do detetive Zhao.

— Não preciso mais de informação nenhuma — ele disse, mal-humorado. — O distrito assumiu o caso da Kaili. Falei com um velho amigo da academia, e ele disse que ninguém vai investigar mais nada. Acho que subestimei o poder do Sr. Peng.

— Pois eu não vou desistir — disse Mei. — E você devia fazer o mesmo. Para todo chefe há sempre um chefe acima dele. Talvez a última palavra não esteja com o distrito. Ainda que eles não queiram investigar nada, se você resolver o caso, será reconhecido por isso, sobretudo se prender o culpado.

— Mas não tenho o apoio de ninguém — argumentou Zhao.

— Podemos trabalhar juntos, mas temos de jogar nossa rede com muito cuidado. Não vai ser fácil, mas vale a pena tentar. — Mei calou-se um instante, depois prosseguiu: — Acho que descobri algo que pode ser útil, mas preciso da sua ajuda.

Zhao não disse nada.

Mei imaginou-o avaliando as opções.

— Você não vai deixar o Sr. Peng fazer o que bem entende, vai?

— Como posso ajudá-la? — disse o detetive afinal.

— Meu assistente descobriu que um dos imigrantes da Fábrica 958 está desaparecido. Talvez seja o homem que estamos procurando. Chamam ele de Pequeno Gansu. Será que você conseguiria uma descrição dele, talvez até uma foto? Tenho aqui uma lista de pessoas que estão dispostas a falar com você.

Mei leu os nomes fornecidos por Gupin para que o detetive anotasse. Em seguida contou sobre o advogado Li.

— Quero saber o que a Kaili vinha tratando com ele. Provavelmente ele não vai me dizer nada, mas não terá escolha se você perguntar.

— Hoje à tarde cuido de tudo isso.

Eles se despediram, e Mei ligou para outro número.

— Ministério de Segurança Pública — disse uma mulher.

Mei deu um número de ramal. O telefone tocou diversas vezes até que alguém atendeu.

— Alô? — disse uma voz masculina e sonolenta.

— Yang Chao?

— Sim — o homem respondeu.

— Aqui é Mei Wang, sua ex-colega de Relações Públicas.

— Mei! — ele exclamou. — Como vai você? Ouvi dizer que foi para o setor privado, que abriu seu próprio negócio. Então, como vão as coisas? Ah, que belo troco você deu àqueles canalhas, hein? Aquele bando de... — Chao proferiu uma série de impropérios. — Sinto muito por não ter mantido contato. Queria telefonar, mas... — Ele era um dos poucos funcionários do ministério que dera apoio a Mei durante a campanha difamatória organizada pelo chefe de ambos, que culminara na demissão dela.

— Eu também não liguei — disse Mei.

— A culpa foi minha — disse Chao. — Não devia ter deixado minha ex-namorada mandar em mim daquele jeito.

Mei ainda se lembrava da tal namorada: uma moça de sobrancelhas pintadas a lápis, sempre muito maquiada, que costumava olhar torto para ela por trás dos óculos de aros finos.

— Quando foi que vocês terminaram?

— Sete meses atrás. Foi melhor assim. Na verdade a gente nunca se entendeu direito. Acho que, no fim das contas, ela ficou decepcionada com as minhas perspectivas profissionais. Desde que você saiu do ministério, não dei nenhum passo importante aqui no departamento. Mas as coisas vão mudar. O chefão está se aposentando.

Mei sentiu um espasmo de alegria correr por seu corpo feito uma corrente elétrica. Finalmente seu ex-patrão estava indo embora.

— É ótimo ter notícias suas, Mei — prosseguiu Chao —, mas suponho que você não tenha ligado só pra isso. Em que posso ajudá-la?

Mei sorriu. Por um lado, ficou sem jeito com a franqueza dele, mas, por outro, gostou daquela abordagem direta e bem-humorada. Chao havia mudado muito, pensou. A imagem daquele rapaz cabeça-dura de 22 anos ressurgiu em sua mente.

— Você poderia dar uma conferida em duas pessoas pra mim? — Ela passou os nomes de Lin e do policial Chen, e contou a história de cada um.

— Vou ver o que posso fazer. Para quando você precisa dos resultados?

— Quanto antes, melhor.

— E até que horas posso ligar?

— Ligue quando quiser — disse Mei.

27

Pombos arrulhavam nas gaiolas enferrujadas que pendiam dos telhados de diversas casas. A 180 metros da sede do Comitê Revolucionário das Ruas e Hutongs, jogadores inveterados entravam sorrateiramente em mais um cassino clandestino. Uma jovem mulher espiou através da porta; deparando-se apenas com Mei, despejou uma bacia de água suja no muro comunitário sobre o qual se lia: "Estritamente proibido jogar lixo."

Riquixás passavam repicando seus sininhos. Velhinhas cruzavam a *hutong* carregando pesados cestos de compra. À primeira vista, tudo parecia normal. Todavia, Mei estranhou quando um grupo de senhoras de meia-idade irrompeu de uma ruela cochichando entre si. Olhando melhor, percebeu que vizinhas conversavam aflitas diante de um portão. Algumas mandavam seus filhos para dentro de casa. Mei entreouviu a conversa delas:

— Sumiu? Como assim?

— Pois é, sumiu. Dizem que tudo se passou em dez minutos. Ela estava brincando na *hutong*. Quando a mãe veio atrás dela, a menina havia desaparecido.

— Mas qual Pequena Flor?

— A da Sra. Chen, aquela de trancinhas.

— O comitê está organizando uma busca.

— Ming Ming, já pra casa!

Mei parou onde estava. Pequena Flor havia desaparecido...

Enfim elas perceberam a presença de Mei.

— O que você quer? — berrou uma das mulheres, sardenta, embrulhada num casaco escuro.

Mei simplesmente balançou a cabeça e seguiu adiante. Ouviu as mulheres cochichando atrás dela, desconfiadas.

Ao fim da *hutong*, a ruela fazia uma curva e se ampliava. Mei se viu diante da lojinha de esquina. Entrou, comprou duas caixas de estalinhos para o Festival da Primavera e puxou conversa com o balconista.

— Você ouviu falar da filha do policial Chen?

— Mal posso acreditar — disse o homem, levando à boca um cigarro já fumado pela metade.

— Você não acha que... — Mei deliberadamente deixou a frase em suspenso.

Ele meneou a cabeça, consternado.

— Volta e meia a gente ouve falar de meninos que são sequestrados e vendidos pra famílias ricas que querem um filho, mas eles nunca levam meninas. Muitos vizinhos estão procurando por ela.

— Acha que vão encontrar?

O balconista fez que não com a cabeça.

— Mas alguém deve ter visto alguma coisa — disse Mei.

— As coisas mudaram muito de uns tempos pra cá. Desde que resolveram recuperar a região de Houhai, todo tipo de gente dá as caras por aqui. Não dá pra separar o joio do trigo.

— Talvez a menina tenha se perdido.

— Ela estava brincando diante do quintal da casa dela. Além disso, conhece muito bem a *hutong*, não ia se perder. O policial Chen já foi pra delegacia.

Mei se despediu e foi para a *hutong* do Moinho de Tofu.

O portão do número 19 achava-se escancarado. Mei entrou. Um silêncio fantasmagórico dominava o quintal. A casa do Vovô Wu havia sido trancada com cadeado. A pequena construção sob o bordo, que os Chen haviam erguido alguns anos antes para usar como cozinha, encontrava-se escura. O fogão de carvão não havia sido aceso.

A porta da casa dos Chen estava entreaberta. Mei empurrou-a de leve e entrou. Duas das mulheres da véspera estavam lá, segurando lenços. Sentada à mesa, a Sra. Tang falava com urgência na voz. O marido minúsculo se recostava num canto, o rosto coberto por uma sombra.

Ouvindo a porta se abrir, a Sra. Chen virou-se esperançosa, mas logo se desmanchou em lágrimas.

Mei fechou a porta atrás de si.

— Sra. Chen, não chore. Vamos encontrar a menina — disse a mulher de cabelos frisados. Ofereceu um lenço, mas a Sra. Chen, inconsolável, não se mexeu.

— A polícia vai encontrá-la — acrescentou a de olhos esbugalhados.

A Sra. Chen chorou ainda mais forte ao ouvir a palavra "polícia". O envolvimento da polícia significava que sua filha havia sido sequestrada. Naturalmente, a ideia de um sequestro era ainda mais desoladora.

A porta se escancarou de repente, e o barbeiro Liu irrompeu na sala.

— Ouvi dizer que a menina sumiu, é verdade? — ele foi logo dizendo.

A Sra. Tang fez que sim com a cabeça, solene.

— É uma punição dos céus! — ele exclamou.

— Bobagem! — devolveu a Sra. Tang.

— Você sabe do que estou falando.

— Sei que você é um boboca supersticioso, isso sim. Espíritos e fantasmas são antirrevolucionários!

O Sr. Tang emergiu das sombras e buscou uma cadeira para Liu. O velho barbeiro balançou a cabeça e disse:

— Todos vocês! — Ele apontou para os presentes, encarando-os de um modo ensandecido. — Será que não veem? É uma vingança dos céus. — E apontou para o alto.

— Volte pra casa, Liu. Você precisa descansar — determinou a Sra. Tang, com uma frieza polar.

A essa altura a Sra. Chen já havia parado de chorar. Duas vizinhas se levantaram e tomaram o barbeiro histérico pelos braços, procurando consolá-lo, cacarejando feito duas galinhas. O Sr. Tang gritou algo. Ao tentar se desvencilhar, o barbeiro deu um passo atrás e bateu contra a mesa, derrubando uma xícara de chá quente sobre o colo da Sra. Chen, que deu um grito.

Sem mexer um músculo sequer, a Sra. Tang acompanhava a confusão com lábios crispados e olhos vidrados.

O barbeiro Liu demorou um tempo para se acalmar. Aos poucos foi parando de tremer, firmando o olhar. Por fim resmungou algo, recolheu do chão a maleta de trabalho que largara ao entrar, e saiu.

— Que diabos deu nele? — perguntou a de olhos esbugalhados.

A Sra. Tang abanou a mão num gesto de impaciência.

— O comandante Mao tinha toda razão — disse. — As pessoas da velha sociedade são perigosas. É impossível reformá-las. O Partido tentou. *Nós* tentamos. Passei trinta anos lidando com esse tipo de gente! — exclamou a ex-presidente do Comitê Revolucionário de Ruas e Hutongs.

Mei conhecia pessoas como a Sra. Tang, para as quais o comunismo era tudo. No mundo delas, as pessoas se dividiam em dois grupos distintos: revolucionários e antirrevolucionários. Mei sempre estranhara que a geração de sua mãe acreditasse tão cegamente no sistema. Quanto mais eles sofriam, maior era sua fé.

— Você é uma espécie de investigadora, não é? — a Sra. Tang perguntou a Mei. — Talvez possa ajudar a encontrar a Pequena Flor.

— Por isso vim aqui — disse Mei. — Sra. Chen, por favor me conte tudo que aconteceu.

A Sra. Chen enxugou os olhos com uma das mãos.

— Minha menina sumiu... Meu bebê, meu pequeno tesouro... Tínhamos saído pra comprar recheios de pastel. Pequena Flor adora ajudar na cozinha. Eu estava preparando uma sopa de macarrão para o almoço, e ela foi brincar no portão. Sempre brinca por ali. Tinha ganhado um pequeno pião, que compramos semana passada, na Feira do Templo. — As lágrimas brotaram novamente. Com a garganta apertada, ela disse: — E agora, o que vou fazer? Como vou continuar vivendo?

— Sra. Chen, vamos encontrar sua filha. — disse a Sra. Tang, pousando as mãos nos ombros da vizinha. — A senhora não pode perder a fé.

As mulheres saíram para buscar lenços limpos e um pouco de água. O Sr. Tang também saiu da sala, já escura com o cair da noite. Ninguém se deu ao trabalho de acender a luz.

Mei saiu em seguida, dizendo que voltaria na manhã seguinte. Sabia que a Sra. Chen não estava em condições de dar nenhuma informação útil.

O céu se estampava com uma pálida lua crescente. Na *hutong*, todos os portões se encontravam fechados. Os muros baixos e cinzentos se estendiam ao longo da calçada, mudos e quietos. Uma névoa fina de inverno se acumulava ao fim da ruela. Mei ficou pensando nas famílias reunidas para jantar. Decerto falavam sobre Pequena Flor e os últimos acontecimentos da vizinhança. Relembravam pessoas e casas que já não estavam mais lá.

Mei se viu tomada de uma súbita solidão. Embora estivesse ali, não pertencia àquela *hutong*. Era a plateia que observava o drama. Lembrou-se da vozinha doce, dos olhinhos cintilantes e inocentes de Pequena Flor. E então foi embora. Não podia fazer nada para ajudar.

As duas lanternas brancas ainda oscilavam, irônicas, junto à porta do número 19.

28

Assim que chegou em casa, Mei foi à cozinha e tirou do congelador um pacote de pasteizinhos. Despejou-os numa frigideira e acendeu o fogão; um círculo de chamas azuis brotou na trempe. Ela esperou que os pasteizinhos começassem a crepitar, depois jogou água na panela, produzindo uma nuvem de fumaça. Tampou a frigideira e foi atender o telefone que acabara de tocar.

— Consegui as informações que você queria — disse Chao.

Mei sentiu o coração saltar.

— Primeiro, vamos ao Lin. Ele estudou na Escola de Ensino Médio Número 6 da Zona Oeste, depois na Universidade de Qingdao, onde fez biologia marinha. Foi preso em junho de 1989 por ter participado das manifestações da Praça da Paz. Tinha 20 anos. Segundo os nossos registros, era membro de uma gangue antirrevolucionária. Tomou parte no incêndio de veículos militares e feriu um soldado do ELP, perto da praça. Criticou duramente a reação do Partido aos acontecimentos do Quatro de Junho. A lista continua. Ele foi condenado a oito anos de trabalhos forçados e libertado no último verão, depois de completar sua pena.

— Quanto a Chen Xiaolei — prosseguiu Chao —, frequentou a academia de polícia, mas deixou o curso em 1989. Foi condecorado por bravura e espírito revolucionário após o Quatro de Junho. Três anos depois voltou à academia e terminou seus estudos. Assumiu a chefia do trânsito da Zona Oeste e foi condecorado pelo trabalho realizado durante os Jogos da Ásia. Ano passado, foi promovido a chefe da escolta diária do presidente Li Peng.

— Ele é jovem demais pra ter conseguido tanto — observou Mei.

— É verdade, Chen tem se saído muito bem.

Mei ficou pensando se o desaparecimento de Pequena Flor tinha alguma coisa a ver com o sucesso do pai.

— Ficou decepcionada? — perguntou Chao.

— Não, só me distraí um pouquinho.

— Tem mais — disse Chao. — Os registros mostram que Chen Xiaolei foi um instrumento importante para a prisão de Lin, a principal testemunha durante o julgamento. O nome dele está por toda parte nos arquivos do caso.

— Não! — Mei mal pôde acreditar no que acabara de ouvir. O melhor amigo de Lin havia contribuído para a prisão dele, testemunhado contra ele. Lin decerto ficara chocado com a traição.

— Então... — disse Chao, agora um tanto hesitante. — Será que... Será que você aceitaria jantar comigo neste sábado? Não vou ficar ofendido se não puder.

— Claro que posso. Será um prazer.
— É mesmo? Ótimo! A gente se fala então na manhã de sábado pra marcar um horário? Que tal o Suzhou? Claro, se você preferir outro restaurante...
— No Suzhou está ótimo.
— Sete horas? Ou um pouco mais tarde?
— Pode ser às sete — disse Mei, curvando os lábios num sorriso.

Foi então que ela sentiu um cheiro forte e almiscarado vindo da cozinha. Despediu-se às pressas e foi ver o que era.

Uma fumaça preta escapava da frigideira sobre o fogão. Ela desligou o fogo e tentou tirar a tampa, mas queimou os dedos e deixou-a cair. Uma nuvem de fumaça cobriu-lhe o rosto por inteiro, fazendo-a tossir enquanto abanava as mãos freneticamente. Os pasteizinhos tinham virado carvão. Mei voltou à sala e abriu a janela. O trânsito corria tranquilo no anel rodoviário. Uma lufada de ar frio invadiu o cômodo.

O relato de Chao não batia com nenhuma das teorias que ela havia esboçado até então. Mei cogitou se Wu soubera da participação de Chen na prisão de Lin. E os outros, como a Sra. Chen, o barbeiro Liu e a Sra. Tang? Que participação teriam tido?

E como Kaili havia entrado naquela história?

Mei foi para o quarto e se deitou na cama. Mais perguntas foram invadindo seus pensamentos. O que teria acontecido a Pequena Flor? Onde estaria Lin agora? E aos poucos adormeceu.

29

O telefone tocou com a estridência de uma sirene. Mei arregalou os olhos e se levantou da cama aos tropeços.

Na sala, a secretária eletrônica informava:

— *Aqui é o detetive Zhao. Queria falar com você ainda em casa. Tenho algumas informações pra lhe passar. Já está acordada?* — Gritou o detetive.

Mei por fim atendeu.

— Que horas são? — Ela espiou a escuridão do outro lado da janela.

— Cinco da manhã.

— E o que foi que você descobriu? — perguntou Mei, ainda grogue.

— Você nunca vai adivinhar o que Kaili fez. Não acreditei quando me contaram, então exigi que eles me mostrassem os papéis. Ela comprou um túmulo no cemitério da Zona Oeste. Que *diabos* isso pode significar? Você acha que ela sabia que ia morrer?

— Não acho nada antes de tomar um café — disse Mei.

— Então me liga para a delegacia assim que puder.

Mei desligou o telefone e foi à cozinha. Preparou uma xícara de café solúvel, acrescentou leite e bebeu. O céu começava a clarear. Ela ligou de volta para Zhao.

— E o tal imigrante? Você conseguiu uma descrição?

— Uma fotografia. Ele está no meio de outras pessoas, mas dá pra ver o rosto com muita clareza.

— Daqui a pouco estou aí.

— Eu estava saindo pra tomar um café naquela padaria aqui perto.

— Encontro com você lá.

Mei correu para o banheiro e jogou água fria no rosto. Prendeu os cabelos num rabo de cavalo, pegou a bolsa, jogou as cartas de Kaili dentro dela, vestiu o casaco e saiu.

O horizonte era uma sinfonia de luzes e cores: a aurora se misturava à neblina da manhã.

A região de Dashanzi encontrava-se erma àquela hora. Prédios abandonados, construções decrépitas e árvores peladas avultavam na penumbra como se fossem monstros. Mei seguiu pela rua principal. O vento lambia pedaços de papel, sacos plásticos, espinhas de peixe e uma latinha de alumínio, que atravessaram o lume dos faróis de Mei.

Ela parou o carro ao lado de um poste torto e desceu de encontro ao frio da madrugada. Sombras dançavam em meio à sujeira que cercava a delegacia.

A padaria da esquina parecia ser o único lugar aberto naquelas imediações. Nos fundos da loja, uma vasilha grande exalava o cheiro doce do leite de soja. O proprietário, um homem ágil, aparentando uns 30 anos, mandou seu ajudante preparar mais uma porção de *yo bing*, uma fritura de pão.

Zhao acenou assim que viu Mei chegar. Na mesa à sua frente encontrava-se uma tigela vazia e metade de um *yo bing* sobre um prato.

— Já terminei — ele disse —, mas posso esperar, caso você queira comer alguma coisa.

— Quero, sim. — Mei sentou-se do outro lado da mesa. Depois de arruinar o jantar da véspera, estava faminta.

Zhao pediu ao proprietário que trouxesse o mesmo que ele havia comido.

Mei atacou sua porção de *yo bing* entre goles de leite quente.

— Não coma tão depressa — disse Zhao. — Vai ficar com dor de estômago.

— Posso ver a foto? — perguntou Mei.

Zhao tirou do bolso alguns papéis e entregou a ela.

Mei examinou a foto.

— É ele — disse.

— Ele quem?

— Venha comigo. — Mei levantou-se subitamente. — Temos de agir depressa.

— Para onde estamos indo?

— Para a Torre do Tambor.

30

O sol, com seus raios tentaculares, estendia uma película dourada sobre os telhados das casas. A Torre do Tambor sobrelevava a neblina da manhã como um castelo flutuante, tão antigo e indestrutível quanto o próprio tempo. Apesar do silêncio da cidade, Mei podia sentir a energia que vinha dos palácios e ruas centenárias, das gigantescas favelas, dos arranha-céus reluzentes.

Dois policiais da delegacia local e o zelador da Escola de Ensino Médio Número 6 da Zona Oeste esperavam por Mei e Zhao junto do portão. Os policiais usavam o uniforme verde-escuro de inverno. O zelador era um cinquentão barrigudo e manco. Os policiais, trêmulos de frio, prestaram continência para o detetive Zhao. O mais alto e magricela apresentou-se como comandante do destacamento.

— Como o senhor solicitou, postei homens em todas as entradas.

— Ótimo.

— O que o senhor pretende fazer?

— Você não recebeu um telefonema do comando distrital?

— Recebi, mas o camarada não disse...

Zhao interrompeu-o com um gesto de impaciência.

— Onde fica a entrada de serviço? — Mei perguntou ao zelador.

— Nos fundos.

— Está trancada?

— Está. A escola fechou para as férias de inverno.

— Leve-nos até lá — disse Mei.

Zhao instruiu os dois policiais que ficassem de guarda onde estavam. Ele e Mei seguiram para os fundos com o zelador.

Um jovem policial fumava ao lado de um portão de madeira, semiescondido por uma árvore retorcida. Jogou o cigarro fora assim que viu o detetive e prestou continência.

Zhao saudou-o de volta.

O zelador foi manquejando até o portão e parou de repente, vendo que o cadeado havia sumido. Tentou abrir o portão com uma sacudidela, mas não conseguiu.

— Está trancado pelo lado de dentro — informou.

O jovem policial se adiantou e também tentou, em vão, abri-lo à força.

— Pare com isso! — rugiu o detetive. — Está fazendo barulho demais!

Mei olhou para o portão e o muro. Tarde demais para sair à procura de outra entrada. O muro ali não era tão alto quanto na entrada da escola, mas ainda assim tinha uns dois metros de altura.

— Você pode subir nesta árvore e pular para o outro lado? — ela perguntou ao policial.

Ele avaliou a árvore, depois o muro.

— Creio que sim — disse, e com a ajuda de Zhao saltou para o outro lado.

Pouco depois, Mei ouviu o ranger do trinco e viu o portão se abrir afinal.

— Onde fica a sala da caldeira? — perguntou ao zelador.

— No primeiro anexo à esquerda.

Mei saiu correndo na direção indicada.

— Diga a todos que venham para cá! — ordenou Zhao.

O rapaz saiu em disparada, e Zhao seguiu na esteira de Mei.

A parte dos fundos da escola dava a impressão de que ninguém passava por ali. Neve virgem se acumulava sob as árvores desfolhadas. Tábuas de madeira bloqueavam um buraco na parede. Um carrinho de mão, quebrado, havia sido abandonado atrás de uma pilha de tijolos.

O anexo possuía um telhado reto e duas portas. Uma delas dava para um depósito; a outra, para a sala da caldeira. Cadeados novinhos em folha pendiam de seus respectivos ganchos. Mei girou a maçaneta, mas um ferrolho travava a porta da sala da caldeira pelo lado de dentro.

— Abra já! — berrou o detetive, desferindo um chute contra a porta. — Somos da polícia!

Mei entrou no depósito; tropeçando em baldes, escovões e redes de plástico, enfim encontrou um machado e o entregou ao detetive.

Reunindo todas as forças, Zhao golpeou a porta da sala da caldeira, que rachou, espargindo lascas finas pelo ar. Uma criança gritou. Zhao deu nova machadada, ainda mais forte que a anterior: a rachadura cedeu, e o ferrolho caiu ruidosamente no chão.

A luz vazou para dentro da sala. Água gotejava de duas torneiras que haviam sido envoltas em retalhos de pano. O lugar exalava um cheiro forte de metal molhado. Encolhida num canto, Pequena Flor tremia sob o casaquinho acolchoado.

Mei ajoelhou-se ao lado dela e apertou-a num abraço forte. As trancinhas haviam se desmanchado, deixando os cabelos em total desalinho. Os olhos se arregalavam de medo.

— Pronto, já passou — sussurrou Mei, acarinhando o rosto da menina. — Agora está tudo bem.

Em seguida, virou a cabeça e viu o sujeito, tão quieto e mudo que parecia fazer parte do cenário a seu redor. O olhar era vazio. Uma caneca enferrujada jazia ao lado dos pés dele. Mei sentiu um arrepio estranho no corpo.

Zhao derrubou-o com um murro, e o homem se esparramou no chão, tão impassível quanto antes. Quando foi algemado, não fez mais que baixar os olhos.

Mei se levantou com a menina chorosa no colo e saiu da sala. Ofuscada pela luz do pátio, Pequena Flor enterrou o rosto no ombro dela. Zhao saiu em seguida, empurrando o prisioneiro algemado.

Um grupo de policiais veio correndo na direção deles, o comandante à frente de todos.

— Vocês encontraram a menina! — ele disse ofegante.
— E este aí é o...
— Ele mesmo.

O comandante agarrou o homem pelo colarinho.

— Por quê? — berrou. O prisioneiro não disse palavra, sequer piscou. — Anda, fala! — berrou novamente o policial, já vermelho de raiva. E de um segundo a outro desferiu um chute na perna do homem.

Os outros policiais acorreram para espancar o prisioneiro.

— Parem com isso! — ordenou Zhao. — Vocês não sabem o que significa disciplina?

O espancado permaneceu indefeso no chão, coberto de hematomas e sangue.

— Quem foi que mandou vocês baterem nele? — rugiu Zhao. — Que espécie de comandante é você? Levem Pequena Flor para casa. A mãe dela está esperando.

O comandante recolheu o quepe que havia caído ao chão. Mei passou-lhe a menina e disse:

— Avise a Sra. Chen que vamos conversar com Pequena Flor mais tarde, assim que ela tiver se acalmado.

O comandante saiu com a menina nos braços, seguido de dois policiais de seu destacamento.

— Levante-se! — ordenou Zhao ao homem esparramado no chão.

— Vamos levá-lo a uma sala de aula para que ele possa se limpar — Mei disse ao detetive. — Como prometi, vou explicar tudo.

Eles foram para a primeira sala do andar térreo, e Mei fechou a porta.

— Sente-se! — Zhao empurrou o homem para uma cadeira.

— Você se importa de retirar as algemas? — disse Mei. — Ele não é perigoso.

— O quê?

Mei buscou uma cadeira e sentou-se também.

— Olá, Lin — disse.

Os olhos dele se moveram sob as pálpebras inchadas. Mei lembrou-se das fotos que vira na casa de Wu. O homem à sua frente já não era mais aquele jovem e belo rapaz.

— Sinto muito por seu avô. Você deve estar muito triste. Fui ao velório dele. Velhos amigos e vizinhos também estavam lá.

Sangue gotejava de um corte no rosto de Lin. Mei ofereceu-lhe um pacote de lenços de papel, mas ele não aceitou. Limpou o sangue com a palma da mão.

Zhao destrancou as algemas. Lin esfregou os pulsos; as mãos estavam sujas e rachadas.

— Quer comer alguma coisa? — perguntou Mei. — Você deve estar com fome. Talvez seja seu último café da manhã em liberdade.

— Café da manhã? Mas este homem é um assassino, um sequestrador! — protestou Zhao.

— Não matei ninguém — disse Lin.

Zhao ignorou-o.

— Não entendo. Que relação pode ter a morte de Kaili com aquela menina?

— É uma longa história. Um café deverá ajudar — disse Mei.

Zhao resmungou algo. Abriu uma janela e viu que, no pátio da escola, os três policiais restantes brincavam de pega-pega.

— Você aí! — ele gritou para o mais jovem deles. — Vá buscar algo na padaria da esquina. Leite de soja e *yo bing*.

Mei fixou o olhar nas pálpebras roxas de Lin, tentando enxergar alguma vida do outro lado delas. Lin tinha apenas 29 anos. Uma década antes, levantara-se contra o vento e gritara com a inconsequência e o atrevimento dos quais só os jovens são capazes: "Aqui estou. Vejam. O triunfo me espera."

Mei, no entanto, não divisava nada disso naqueles olhos agora. Não via nada além de perda. Tirou da bolsa a borboleta de papel e colocou-a sobre a mesa.

— Onde foi que encontrou isso? — perguntou Lin.

— No apartamento de Kaili.

Lin inclinou-se para a frente e encarou Mei.

— Você é uma amiga?

— Adoraria poder dizer que sim. Amiga de Kaili, ou sua. É assim que me sinto. Mas sou apenas uma investigadora particular. A gravadora de Kaili me contratou pra procurá-la depois que ela sumiu. Sinto muito que as coisas tenham terminado desse jeito. — Mei calou-se um instante. — Gostaria de ter podido ajudá-lo. Queria muito que alguém o tivesse ajudado anos atrás. — Sentiu a garganta se apertar quando pensou nos eventos da Praça da Paz Celestial, no troar dos tanques que avançavam pela avenida Changan, na bala perdida que sibilara junto de seu ouvido. Baixou a cabeça em sinal de respeito e admiração pelo camarada estudante que havia estado na praça naquela noite fatídica.

Lin rilhou os dentes quando o corte no rosto voltou a sangrar. Dessa vez secou-o com um lenço.

— Se meu melhor amigo tivesse me traído — prosseguiu Mei — e me mandado para a prisão, eu também procuraria me vingar. Mas sequestrar Pequena Flor? Não, Lin. Ela é uma garota inocente.

— Inocente? Por que você não passa oito anos num campo de trabalhos forçados? Aí, sim, vai poder falar de inocência comigo.

— Sinto muito.

— Sente mesmo? Eu tinha 20 anos, era um universitário apaixonado. Tinha uma vida inteira pela frente. Chen Xiaolei destruiu tudo só pra subir na vida. *Shang guan fa cai*. Agora tem a carreira brilhante que tanto queria, carro novo, dinheiro... Tem uma mulher, uma filha. Mas olha só pra mim! — Ele se levantou de um pulo.

Zhao empurrou-o de volta à cadeira.

— Perdi tudo. E todos que amei na vida. — Lin ameaçou chorar. — Não existe inocência quando um homem faz uma coisa dessas com outro. O Barril e eu éramos amigos de infância. Eu contava tudo pra ele. E também pra Sra. Tang. Confiava neles. Pessoas inocentes morreram naquela noite, jovens de 18, 19 anos... Nenhum deles deveria ter morrido. Deviam estar jantando com suas mães, namoradas ou namorados. Eu queria que o Barril e a Sra. Tang entendessem a tragédia que foi tudo isso. Queria que eles vissem o sangue e a morte. Mas eles me traíram. A Sra. Tang estava tão convencida de que eu era antirrevolucionário que fez de tudo pra que eu estivesse em casa quando a polícia apareceu.

— E o barbeiro Liu?

— É mais perigoso com a própria língua do que com uma faca na mão. Mas o Vovô, coitado, não sabia de nada disso. Achava que os vizinhos eram amigos. — Lin olhou ao longe pela janela. — Era aqui que eu e ele costumávamos conversar. Toda manhã chegávamos mais cedo pra varrer o pátio e acender os fogareiros. Cresci nesta escola, foi aqui que vi meu avô envelhecer. Ele nunca parou de trabalhar, nem mesmo quando ficava doente. Meu avô me botou na escola, sempre esteve ao meu lado quando precisei dele. Depois que me prenderam, continuou vivendo só pra voltar a me ver quando eu fosse libertado. Naquela noite da nevasca, achei que tinha matado a Kaili. Não com as próprias mãos. Mas foi por minha causa que ela morreu. Eu estava à beira da loucura, completamente perdido. Não tinha pra onde ir, então procurei o Vovô. Ele estava muito doente. Puxa, como me arrependo de não ter voltado antes... Mas estava tão obcecado com a ideia de vingança que queria planejar tudo antes de me encontrar com ele.

— O que aconteceu com a Kaili?

— Voltei pra Pequim alguns meses atrás, no outono, disposto a punir todo mundo. Ficava rondando aquela vizinhança, pensando no que poderia fazer. Um dia vi Pequena Flor com Chen Xiaolei, e tive uma ideia. Eu queria destruí-lo do mesmo modo que ele havia me destruído. Roubaria o maior tesouro da vida dele. Mas algo inesperado aconteceu, o que arruinou meus planos.

— Você encontrou a Kaili — disse Mei.

— Sim. Mas como você sabe disso?

— Fui ao Ginásio Capital depois que ela sumiu. Só havia um meio de sair das coxias, pela porta dos fundos, a menos que você passasse pela área em construção. Foi por isso que ninguém viu Kaili sair. Mas seja quem for que a tirou dali decerto conhecia muito bem aquela obra. Só mais tarde percebi que era você quem estava lá.

— Vim pra Pequim com um grupo de trabalhadores imigrantes que conheci no trem — disse Lin. — Eu me juntei a eles, e aluguei uma cama em Dashanzi. Estava trabalhando na obra do ginásio quando vi um pôster do show da Kaili.

Fazia nove anos que não a via. Na foto, ela não parecia nem um dia mais velha, estava ainda mais bonita. Naquela noite me escondi na obra pra encontrá-la. Kaili ficou tão surpresa quando me viu que desandou a chorar. Contou que tinha visitado o Vovô, que ele não estava nada bem. Pedi a ela que fosse embora comigo, e ela foi. Fomos pra Dashanzi, pra um dos prédios abandonados. Ela era minha, era o meu amor, meu segredo. Não queria que ninguém mais a visse, muito menos que a polícia aparecesse pra levá-la de mim. Passamos dois dias juntos, como se nosso amor não tivesse sofrido nenhuma interrupção. Até pensamos em encontrar um apartamento e começar tudo de novo.

"Mas depois ela ficou aflita. Falou que tinha sido um erro fugir comigo. Estava chateada porque seu namorado estava tendo um caso. Sentia falta do apartamento dela, do estilo de vida. Contou que o namorado a tinha apresentado às drogas. Falei que poderia ajudá-la a sair dessa, mas ela disse que era tarde demais, que tinha mudado, que não via nenhum futuro pra nós dois. Mas queria me dar algum dinheiro. Tivemos uma discussão. Ela quis ir embora, e eu a segurei à força. Kaili começou a gritar. Fiquei com medo, queria fazê-la calar. Quando percebi a bobagem que estava fazendo, deixei que ela se desvencilhasse. Mas aí ela caiu pra trás, na escada, e bateu com a cabeça na quina de um degrau. Quando fui ver, já estava morta. Não sabia o que fazer. Minha cabeça estava latejando... Sempre sofri de enxaqueca. Então peguei as joias dela, pra simular um assalto, e fugi.

Não sabia pra onde ir, então tomei um ônibus pra cidade. Fiquei vagando pela neve. Não tinha pra onde ir e ninguém pra me ajudar...

Seguiu-se outro momento de silêncio. Depois:

— Quando Vovô me viu, começou a chorar. Nós dois choramos. Ele estava velhinho, muito frágil. Eu sabia que a vida dele estava por um triz. Ele tinha esperado por mim. Toquei o rosto dele, dei um abraço bem forte e fiquei ali, deitado ao lado dele. Só queria isto: estar com meu avô, sentir o amor dele outra vez. Mas o destino não quis assim. Vovô já tinha esperado demais, estava exausto. Morreu naquela noite. Fiquei arrasado, achei que ia explodir de tanta tristeza e raiva. As dúvidas que eu tinha sobre meu projeto de vingança, se é que elas existiam, morreram junto com meu avô. Fiz as borboletas de papel e as deixei na porta de cada um dos meus inimigos. Queria que todos soubessem que eu vingaria o mal que eles tinham feito, a mim e ao Vovô. Perdi a última pessoa que tinha amado na vida. Não tinha nada a temer.

— Para onde você foi depois que ele morreu? — perguntou Mei. — Que foi que você fez?

— Consegui emprego numa dessas empresas que fazem passeios de riquixá com turistas. Eles tinham muitas vagas, porque a maioria dos imigrantes já havia voltado pra casa pra passar o ano-novo. Aluguei um quartinho na vizinhança, pra pensar no que fazer.

Alguém bateu à porta: o policial com os pães fritos e o leite.

Zhao recebeu o pacote, agradeceu ao homem e colocou a comida diante de Lin, que a devorou em dois tempos. Assim que ele terminou, Mei disse:

— E a menina, Pequena Flor, o que você fez com ela?

— Pensei em sequestrá-la, mas não sabia como. Todos os dias eu passava pela *hutong* do Moinho, às vezes com turistas no meu riquixá, outras vezes sozinho, sempre matutando. Nenhum dos vizinhos me reconheceu. Achavam que eu era apenas mais um imigrante. Não quis voltar à nossa casa depois que distribuí as borboletas, achei que o Barril poderia suspeitar de alguma coisa. Ouvi falar do velório e fiquei furioso. Aquele bando de traidores, fingindo luto... No dia seguinte voltei à *hutong*. Fiquei tonto só de ver aquelas lanternas brancas. Depois, como se tivesse recebido um sinal dos céus, vi Pequena Flor brincando sozinha do lado de fora. Não havia ninguém por perto. Aproveitei a oportunidade. Já tinha falado com ela antes, portanto não foi difícil convencê-la a entrar no meu riquixá. Mas sabia que ela não ficaria quietinha ali por muito tempo, então trouxe ela pra cá. Vovô foi zelador desta escola durante muitos anos. Conheço este lugar feito a palma da minha mão. Por sorte eles ainda usavam uma rachadura no muro, perto do portão, pra esconder a chave. Vovô costumava guardá-la ali. Eu sabia que a sala da caldeira nunca era trancada, e era quente durante a noite. Quando a menina começou a gritar e a se debater, tive de amarrá-la. Ela esperneou muito, custou a dormir. Minha ideia era sair de manhãzinha pra buscar comida.

— O que você planejava fazer com a menina? — perguntou Zhao.

— Não tinha pensando em nada ainda.

— Sequestro é um crime grave — observou o detetive —, sobretudo quando afeta um policial.

Lin baixou a cabeça.

— Que punição eu poderia temer a essa altura? — disse. — Não tenho nada a perder, nem a ganhar. Para mim é o fim. A vida não tem mais sentido. Mas não matei a Kaili. — Lin reergueu a cabeça. — Vocês têm de acreditar em mim. Foi um acidente. Não quero ser condenado por algo que não fiz.

— Quanto a isso você não precisa se preocupar — disse Mei, olhando de soslaio para o detetive, sentado com as pernas esticadas sobre a mesa. Ele assentiu com a cabeça.

Um novo destacamento de policiais chegou ao pátio. Zhao ficou de pé.

— Bem, acho que chegou a hora — disse, e novamente algemou Lin. — É melhor que você venha comigo.

31

Dois dias antes da véspera do ano-novo, os pais de Kaili chegaram a Pequim para levar a filha para casa. Mei encontrou-se com eles e Manyu no crematório. A papelada já havia sido preenchida, e o casal aguardava sua urna.

O Sr. e a Sra. Kang tinham 50 e poucos anos, mas aparentavam ser mais velhos. Ele era um homem baixo, de rosto sério porém bonito, e ela, ainda mais baixa que o marido, um tanto rechonchuda. Ambos usavam jaquetas Mao cinzentas.

Mei se apresentou e deu os pêsames ao casal. O Sr. Kang meneou a cabeça, e a mulher simplesmente continuou a chorar. Mei sentou-se ao lado deles num banco. Perguntou se eles já conheciam Pequim.

— É nossa primeira vez — respondeu o Sr. Kang, fungando.

— Por que vocês não ficam alguns dias para ver a cidade? — sugeriu Mei.

— Não podemos — disse ele, categórico. — Essa viagem já nos custou muito dinheiro.

— Seria um prazer para mim custear as despesas adicionais — disse Mei. — Kaili adorava Pequim.

— Foi o que disse o Sr. Peng. Que homem gentil. Falou que havia tentado ajudar nossa filha. Imagine só, uma figura da importância dele. Falou também que vão lançar um disco novo, em memória de Kaili. Mas precisamos voltar — disse a Sra. Kang.

Manyu explicou que Kaili tinha um irmão de 16 anos. Eles permaneceram calados por um tempo.

— Kaili era uma estrela. Decerto vocês têm muito orgulho dela.

— Não temos televisão, e não ouvimos esse tipo de música — retrucou o Sr. Kang.

A Sra. Kang olhou timidamente para o marido. As lágrimas voltaram a brotar em seus olhos. Ela virou o rosto para que ele não visse.

Um grupo numeroso entrou no salão do crematório, liderado por um homem que carregava uma fotografia adornada por fitas pretas, de uma senhora mais velha. Em obediência à tradição, ele chorava ruidosamente: por certo era o filho da morta. O grupo se dirigiu ao balcão, onde se vendiam diferentes modelos de urnas.

— Compramos um porco para o Festival da Primavera — disse a Sra. Kang. — É nossa vez de oferecer o jantar de família. Dois grupos de avós, tias e tios. — Em seguida explicou a Mei o jeito certo de cozinhar as diferentes partes de um porco: a cabeça devia ser cozida muito lentamente, mas as orelhas ficavam deliciosas quando marinadas em molho de soja e alho.

— Kang Kaili! — exclamou alguém. Todos se assustaram. A Sra. Kang apertou o braço do marido. — Sua urna está pronta!

O Sr. Kang e Manyu foram ao encontro do homem e voltaram com uma singela caixinha preta. A Sra. Kang se levantou para recebê-la, as mãos trêmulas como duas folhas outonais. Desmanchou-se em lágrimas assim que o marido passou a urna para ela.

Sem pensar duas vezes, ele tomou a caixa de volta e ralhou com a mulher:

— Agora chega! Nossa filha não teve uma morte honrosa. Estava bêbada e tropeçou numa escada. Já lhe disse uma centena de vezes. Do jeito que ela levava a vida, um acidente desses não demoraria a acontecer. Agora vamos. Não quero perder o trem.

A Sra. Kang virou-se para dar uma última olhada no salão onde urnas de madeira ou marfim ficavam expostas em vitrinas de vidro.

Manyu e Mei acompanharam o casal até a estação. O lugar era um pandemônio. Na época do Festival, o governo permitia que os imigrantes viajassem sem documentos de modo que pudessem voltar para casa. Milhares haviam acampado à entrada das plataformas. Tão logo receberam permissão para entrar, irromperam na direção dos trens, arrastando sacos pesados, atropelando-se mutuamente.

Mei e Manyu foram abrindo caminho no tumulto para dar passagem aos pais de Kaili. A Sra. Kang apertava a urna de tal modo que Mei receava ver a madeira se partir a qualquer instante.

Mei insistiu em comprar um bilhete para ter acesso à plataforma e acompanhar o casal até o trem, mas eles não deixaram. O grupo se despediu do outro lado da barreira. Mei ficou ali, vendo os dois se afastarem. O tronco empertigado do Sr. Kang contrastava com os ombros derreados da mulher, que caminhava a um passo de distância.

Manyu e Mei deixaram a estação.

— Que dia mais louco! — exclamou Manyu. — E que hipócrita! Não a mãe, mas o pai. Recriminou a filha a vida inteira, mas não hesitou um minuto antes de embolsar o dinheiro dela.

Elas caminharam por um tempo sem dizer palavra.

— Quando será o julgamento do Lin? — perguntou Manyu a certa altura.

— Em dois meses.

— Quais são as chances dele?

— Provavelmente será condenado à morte.

Elas voltaram juntas para o centro da cidade. Lanternas vermelhas brilhavam ao longo das avenidas largas. As luzes se encontravam acesas nos múltiplos andares dos prédios de escritório; fogos de artifício espocavam aqui e ali, pintando o céu de dourado. Tambores, címbalos e trombetas ecoavam por toda parte. As comemorações do ano-novo haviam começado.

Epílogo

A paisagem verdejava sob os flocos de nuvem que pontilhavam o céu azul. O ar cheirava a primavera.

Mei e Gupin escalavam a trilha que conduzia ao cemitério da Zona Oeste, no topo de uma colina. Quase não diziam nada. Na mesma trilha, diante e atrás deles, iam as famílias que tinham vindo para o *Qing Ming*, o Festival dos Mortos. Crianças miúdas eram carregadas nos ombros dos pais; velhinhos se arrastavam com a ajuda de adolescentes mal-humorados.

Lin havia sido condenado a 16 anos de prisão pelo sequestro de Pequena Flor. Segundo o juiz, deveria agradecer ao policial Chen por ele não ter exigido a pena de morte. Mei chegou a visitá-lo antes da transferência para Dongbei. Nessa ocasião, Lin pediu a ela que cuidasse do túmulo do avô, comprado por Kaili. Pois lá estava Mei agora, enfeitando a lápide com um cordão de flores de papel; na pedra se lia o nome de Wu, escrito em mandarim e manchu. Gupin queimava notas de dinheiro-fantasia numa bacia de alumínio. Perto dali, uma mulher de faixa branca na cabeça pranteava a morte da mãe.

Mei virou-se para admirar a paisagem ao sopé da colina: o vale se estendia em amplas planícies retalhadas por estradas; mais além ficava a cidade propriamente dita, um gigantesco emaranhado de prédios e vidas.

Ela se perguntou se Lin algum dia voltaria a Pequim.

Tirou da bolsa a borboleta de papel que encontrara no apartamento de Kaili, levou-a à altura dos olhos e girou-a entre os dedos. Através das estrias douradas, que rebrilhavam ao sol, divisou a Torre do Sino, a Torre do Tambor, a torre de TV.

Lembrou-se então da última conversa que tivera com Lin. Perguntara-lhe que significado tinha aquela borboleta. "É o nosso guia para o mundo seguinte", ele respondera baixinho. "É ela que nos conduz ao portão do Paraíso."

Uma brisa suave soprou das montanhas, fazendo tremular as asas da borboleta. Mei jogou-a na bacia onde queimava o dinheiro. A borboleta adejou por um breve instante, e se consumiu no fogo.

Este livro foi composto na tipologia FilosofiaRegular,
em corpo 12/17, e impresso em papel off-white 80g/m²
no Sistema Cameron da Divisão Gráfica da
Distribuidora Record.